銀盤の淫らな妖精

高村マルス

Madonna Mate

目次

contents

銀盤の淫らな妖精

第一章　リンクでの快感指導

「何だその脚は。スパイラルは垂直に上げろ！」

リンクの冷えた空気のなかを、コーチの叱咤《しった》の声が飛んだ。

深町莉奈《ふかまちりな》は自分でも脚が下がっていることがわかっていた。叱られるだろうなと思いながら滑っていると、案の定厳しい言葉が返ってきた。

紫のスパンデックスレオタードが全身に密着している。胸元から斜めに腰まで花柄のレースで飾られていて清楚で可愛いが、透け感が強い。

高校一年生で、まだ十五歳。ジュニアのフィギュアスケート選手である。

今日は所属するスケートクラブがリンクを貸し切っているから、邪魔な一般客を避けながら滑らなくてもよかった。生徒たちは厳しいコーチの前で緊張しながらものびのび練習している。この県はフィギュアスケート王国と言われるだけあって、スケートリンクや優秀なコーチが揃っており、スケート選手にとって恵まれた環境だった。

莉奈は大学にリンクがある付属高校の生徒なので、リンクをスケート部の部活で使用できる。国内ランクが十六位の強化選手で、学校の部活とスケートクラブの両方のコーチに教わっている。

ふだん髪は長くしていて綺麗だが、スケートをするときは後ろで丸めてアップにしている。どこか高貴な印象があると人から言われるが、十五歳になった今も、ノービス（九歳から十二歳）のころの頰がふっくらして可愛いかった面影を失っていない。しかもアスリートの少女として、身体の中から発散される普通の子にない活力が感じられる。

プロポーションのよさは生まれつきで、骨格には歪みがない。安定したバランスを要求されるフィギュアスケーターとして、身体の左右の骨格がシンメトリーなのは絶対条件かもしれない。顔立ちが人形のように美しくととのっていることもそれを表している。

第二次性徴期に女の子らしくなってきた肢体は固さを感じないまろやかな曲線を見せていた。マスクメロンのように丸いお尻だけでなく、腕や脚、腰も丸みを帯びて少女美を完成させている。

叱られた莉奈は嫌な顔一つせず、フリーレッグを高々と上げて、後ろ手で引っ張るように支えて滑った。

スパイラルとはフリーレッグを腰より高い位置に上げて滑るエレメンツである。脚をできるだけ高く上げ、滑走に勢いがあって、その軌道が丸く綺麗であること、手足がよく伸びているといった美しさが求められる。

「ちゃんとできるじゃないか……」

首だけひねって後ろを見ると、コーチの塚原《つかはら》修平《しゅうへい》が腕を組んだまま滑ってくるところだった。

莉奈は脚から手を離してスケート靴のエッジを氷の上にそっと下ろした。

塚原は元は優秀なペアスケーターだったが、練習中の怪我がもとで引退し、「全日本スケート協会」の協会長の甥であるというコネもあって、多くの有名選手を輩出しているこのスケートクラブの専属コーチに転身した。

莉奈は股関節が柔らかいため、スパイラルではそれほど無理をしなくても、コーチが求めるように脚を垂直に上げることができた。生まれつきの素質もあるが、主に股関節を柔軟にするストレッチ運動の訓練を受けてきた成果で、ゴム人間とからかわれるほど自在に百八十度以上開脚できる身体になっている。

ただ、前回のジュニア選手権でスパイラルを滑ったときだった。シングルの選手には珍しいハイレグのコスチュームで、バックもすそが切れ上がっていたからか、一部の観客からオオーと変な歓声があがった。そんなことは気にしないでいいと自分に言い聞かせていたが、元来羞恥心の強い莉奈はその嫌な経験があって、練習なのにちょっと脚が上がらなかったのだ。

しかも、今日のレオタードは透けているからなおさらだった。レースの飾りの部分以外、シースルーに近い。そばに立っている塚原の眼が気になって仕方がなかった。薄くて透け感抜群の2WAYスパンデックスは自在に縦横に伸縮し、全身にまとわり付いてくる。

あっ……と声をあげたのは、渡されたレオタードを控え室で広げてみたときだった。

「いやん、クロッチに当て布がないわ」

そのとき嘆くような声を出してしまった。普通はメッシュか薄い化繊の生地が一枚付いているが、それがなかったのだ。指を透かしてみると、爪の色と形まで判別できた。

あぁ、女の子の部分が見えてしまう！

莉奈はそれを恐れていた。レオタードを着た莉奈は鏡に股間を映してみたわけではないが、乳房、お尻、恥骨の輪郭まで露《あらわ》になっていた。莉奈は誰にも見られていないのに、思わず両手で前を覆ってしまった。

ショーツを穿かせてって言えばよかった。でも、きっと認めてもらえなかったわ。

薄いクロッチ部に女の子の一番隠したいところが透けているかもしれない。いや、きっと透けてる――莉奈が不安なのは、今、氷上を滑走していて、脚の動かし方によっては恥裂へつながる割れ込みまでわかる瞬間があったことだ。

後ろはお尻を隠すヒラヒラはない。淡い紫のレオタードは透けるにまかせて、尻溝にも深く食い込んでいた。それを痛いほど感じる。

以前、ノービスのころも、そんなレオタードを着せられて涙ぐんだことがある。フィギュアスケートでは、子供は身体の線が全部出ても羞恥心はないから大丈夫だと思われていた。お尻や股間にきつく食い込んでいてもだ。子供の気持ちがわかっていない大人が多いと声を大にして言いたかった。

「思いきってやればいい……」

コーチにぼそりと言われた。視線がキュッと切れ上がったレオタードのすそのあたりに注がれている。

塚原の言葉には、見られても気にするなという意図が含まれている。羞恥を感じて少し唇を噛みしめた。

視線が上がってきた。

ち、乳首を見られてる……。

思わず手で隠してしまいそうになる。

乳首の形なんて、こんな薄いレオタードでなくても簡単に浮いてしまう。リンクの寒さで乳頭がツンと尖るから。

レオタードの下はもちろん何も身につけていない。完全な裸なのだが、そんな薄物一枚の状態で男の人の前に立っていること自体、考えてみればすごく恥ずかしいことかもしれない。

ボディラインは十五歳でも自分で管理できなければならない。フィギュアスケーターなら、スリーサイズは自分でちゃんと計っておけと、コーチから口やかましく言われていた。最初ウェストしか計らなかったが、一年前から五十六センチをキープしている。

腰つきは十五歳とは思えないほど悩ましくくびれていた。今、塚原がすぐ後ろから肉付きのいいヒップをじっと見ているような気がする。お尻は締まったウェストとの比較でやや大きく見えるが、ほかの生徒たちにもゴム毬のように丸くて可愛いと言われている。

莉奈は結局バストとヒップも塚原に命じられてメジャーで計り、恥じらいながら報告させられた。今期の大会に出場申請したとき計ったが、バスト七十六、ヒップ八十三だった。貧乳とか小尻といった平均的な意味では捉えられない、美を競う種類のアスリートとして洗練されたプロポーションを持っている。

最近では容姿が優れたフィギュアスケーターが多くなったが、それでも本当に綺麗なプロポーションの持ち主は限られている。莉奈は百五十七センチの身長を別とすれば、ジュニア、シニアあわせても容姿はナンバーワンだろう。ルックスもプロポーションも抜群のロリータだから、全国から熱い視線が向けられている。

莉奈は強化選手であり、マスコミに注目されて徐々に報道されるようになっているが、実力はまだトップレベルとは言えない。去年の国内ランクでは十六位だった。だが、注目度が並だからかえって少女嗜好の人間からすると「自分だけの莉奈ちゃん」という独占欲を満たしやすくなるとも言える。

莉奈は塚原の求めに従って、スパイラルを二回三回と繰り返し行なった。

「今度の大会は絶対五位までに食い込まなきゃいけない。でないとあとがないぞ」

脚の上げ方や姿勢が少しでも甘いと、塚原が後ろから追いかけてくる。

各ブロックの予選を勝ち上がった選手が出場する全日本ジュニア選手権が来月十二月の下旬に迫っていた。予選を突破して今、詰めの練習をしている。五位以内に入れば次のシニアの全日本選手権の出場資格が得られるのだが、塚原はそのことを言っている。

急に足首を摑まれた。

「やぁン」

ふくらはぎに近いところも摑まれて、思わず虚空を見つめるうち、脚をぐっと高く上げさせられた。

塚原の言うことはプレッシャーになっていたが、以前から厳しい練習に耐えてきた。それは我慢できるし、特訓のとき恥ずかしいなどと言っていられない。でも、周囲を見渡してシースルーレオタードは自分だけ。

練習や試合では少女たちは一生懸命で、身体の起伏が見えてしまっても気にする余裕などない。見学者や競技会の観客にとって、寒いリンクの上ということもあって身体が透けるような薄いものを着ることが意外な気がするらしい。また少女を好む客は興味をそそるのか、眼を見張って観賞している。今は禁止されているが、以前は写真を撮っても野放し状態だったので、リンク上の少女たちの身体はくまなくアップで撮られていた。

莉奈は初めてのノービスの競技会で可愛いピンクのレオタード姿を観衆の前に長時間晒した。まだ無名の選手だったのに、五、六人の観客からカメラやビデオカメラで狙われて演技を撮られてしまったが、彼らは主催者から注意を受けて途中で撮影をやめた。あとで「莉奈ちゃん、可愛いから気をつけて」と心配した年長の子に言われたが、そのとき羞恥や嫌悪感を感じるとともに、小学生ながら注目されるある種の自負心に浸り、女の子の喜びを感じたのも事実だった。

そのころは胸はまだ膨らんでいなかったので、マニアックな眼を持つフィギュアスケートファンにはデジカメでお尻や股間ばかり狙われていた。今は乳房が膨らんで腰も憎らしいほどくびれ、全身くまなく視線で舐め回されるようになった。

レオタードは胸の左の部分にレースのヒラヒラがなかった。右はヒラヒラが付いて乳首を隠している。極薄の生地に乳首の尖りが目立ち、控え室で着たとき、段がついた乳輪の形とその薄茶の色まで透けて見えていた。

競技でのコスチュームとなるとそこまで薄いものは使わないが、本番のコスチュームも身体全体にフィットするスパンデックスレオタードが使われる。フィギュアスケート選手は莉奈だけでなく本当は自分をセクシーに見せるために、身体の起伏がよく出る生地のものを好んで着る傾向がある。

さらに塚原の場合、コスチュームがセクシーなだけでなく、振付けがモダンバレエをもとにした官能的なもので有名だった。

何、あの悩ましい顔の表情は……と、表情だけで仲間内でも話題になるくらいで、振付けは生来の柔らかい身体を利用した悶えるように身をくねらせるダンスに特徴があった。

スケートを始めたのは四歳のときで、塚原の指導を受けるようになったのは小学五年生からである。徐々にセクシー路線の振付けを施され、中学に上がるころからレースの襞付きや薄い生地、ハイレグなど、大人びたコスチュームで競技会に出場するようになった。

ほかの選手でも小学生のころから大勢の前でレオタード姿を披露し、演技の中には見ようによってはエロチックなものもある。競技会では下着がはみ出して見えたら失格になるため、コスチュームの下にショーツは穿かない。

ノービスを卒業した莉奈は、ジュニアは子供じゃない。セクシーな少女になれと塚原に言われた。

おまえはジャンプなど技術面で弱い。その代わり表現力、芸術面が優《すぐ》れている。内面からにじみ出る少女の美とエロスを表現しろ。そのためには、本当にエロチックな心を持つ少女になるんだ——と、塚原イズムを心と身体に注入されてきた。

見られる快感のなかに、ナルシスティックに入っていけと言う。マゾヒスティックになれ……と、くびれた腰を後ろから摑まれて、耳元で囁かれた。

莉奈は普段着も子供っぽいものは禁じられている。女児用のショーツはノービスのころから穿くことを許されなかった。セクシーさを身に付けるには気持ちから入らなければいけないと言われ、子供っぽい下着は上下とも禁止になった。

女の子なのに男のコーチにパンティをチェックされる。その恥ずかしさは尋常じゃない。ブラジャーだって小六のとき成人のものと同じ形の三角ブラを指定された。乳房の下から広く覆うハーフトップブラはすぐ取り上げられてしまった。

莉奈は中学二年の夏から母親公認で下着を完全に管理されるようになった。ちょうどそのころから俄然セクシーなコスチュームと振付けに変わっていったが、塚原は批判もされていた。

巻き髪にして黒いレースのハイレグコスチュームで妖しい魅力を演出したが、あまりにも唐突だったせいか評判は最悪。コスチュームは猥褻、振付けはレゲエダンスとこき下ろされた。

こっぴどく批判されて一時乙女路線に戻ったが、高校に上がると衣装も含めていっそうセクシーな振付けになった。まだどこか幼さを残す容貌なのに、大人の色っぽい眼差しをつくったり、柔らかい身体を利用して腰を信じられないほどくねらせたりさせるものだから行きすぎだと批判が再燃した。だが、

高校生は大人だ――これが世間の批判への塚原の回答だった。我が道を行くとばかりセクシー路線を強行している。莉奈も批判や中傷には挫《くじ》けず、塚原の振付けに従った。

脚がスラリと長くて綺麗な莉奈は、バッククロスで脚をクロスさせながら腰を曲げて後ろ向きに滑走し、これ見よがしにお尻を審判員のほうへ突き出して魅惑した。少女なのに見る側の欲求に合わせた大胆な振付けはロリータ好きにはたまらなく興奮する。ルックスを含めて見た目のよさで莉奈は有利だった。官能的な表現が板に付くのは並外れた美貌の持ち主だからである。そうでなかったらセクシーな演技など滑稽なだけだろう。

「股のところなんて気にするな。もう一度!」

真横について伴走しながら、下半身のことを今度ははっきりと口に出して言われた。莉奈は羞恥で顔を赤らめてしまう。

透けさせるためにわざとなのね……。

コーチの塚原は故意にそのレオタードを選んで渡した。そうとしか思えない。乳首が両方とも透けたらいくらなんでも怪しまれる。そう思ってこんなきわどいレオタードを着せた。莉奈は塚原を疑っていた。

乙女の羞恥や狼狽が星の光を映しているような綺麗な瞳にあらわれる。キラッと光る明るい大きな瞳である。学校の友だちから少女漫画みたいな眼をしてると言われたこともある。褒められてるのか、からかわれているのかわからなかった。

緊張すると長い睫を何度も瞬きさせる癖があった。その仕草は可愛いが、そうやって無意識のうちに緊張感を和らげている面もあるのだ。塚原には落ち着きがないと思われるから、スケートのとき眼は常に大きく見開いていろと言われていた。

容貌では、美少女特有のこまっしゃくれたような尖った鼻も魅力的だった。実際の性格はというと、そんなツンとすましたようなところはない。恥ずかしがり屋で厳しい練習にも文句一つ言わずについていく努力家だった。

そんな真面目な性格だからコーチの無理強《じ》いにも耐えてしまうのかもしれない。

「もう一度！　今日はたるんでるぞ」

塚原に命じられ、フリーレッグを思いきり垂直に跳ね上げた。

たるんでなんかいないわ。コーチがいけないんだもん……。口のなかでつぶやく。尻溝から恥裂まで、食い込みラインが披露されていく。いや、ぷっくり膨らんだ陰唇の形状までも。

汗をかいちゃう。下のほうが透けてしまいそう。

練習はハードだからリンクは寒くてもそのうち汗ばんでくる。汗でレオタードが濡れてさらに透ける。

小さな愛らしい口が半開きになって、眼差しは沈鬱だ。視線も下がって俯き加減になる。そんな憂鬱な表情は莉奈に似合わないのに。

見られる興奮、快感なんてわからない。恥ずかしいだけ。でも、それでスケートの表現力が上がるなら……。

心は乱れつつも平静になる瞬間がある。すとんと落ちていく心のエアポケットに出会ってしまった。

コーチの塚原がこだわるスパイラルはトリプルジャンプなどの派手なエレメンツに比べれば地味ではあるが、実際は見た目以上に難しい。女子のフリープログラムでのスパイラルは二つの姿勢でそれぞれ三秒以上か、一つの姿勢で六秒間の保持が決められている。

莉奈は順位がまだ上位ではないが、スパイラルシークエンス（シークエンスは連続の意味）は十三歳から十八歳までのジュニアのなかで一番上手《うま》いと評判だった。日本のサーシャ・コーエンと言われるくらいアラベスクスパイラルで脚をほぼ垂直に上げたまま三秒間完璧に滑ることができる。

サーシャ・コーエンはずば抜けた身体の柔らかさによって、脚を高く上げたスパイラルや完璧なビールマンスピン、百八十度以上の開脚ジャンプをこなす世界的に有名な選手で、さらに「氷上の妖精」と言われるほどコケティッシュなスケーターである。だから、スパイラルだけでもサーシャ・コーエンにたとえられて評価されることは莉奈にとって嬉しいことであり、名誉なことだった。

バレエのアラベスクに似たポーズで、両手を横に広げて脚を後方に高く上げて滑る基本的なスパイラルだが、莉奈の場合は脚が垂直に上がる。知識のある人ならもちろん、一般客にも難しい技術だとわかって拍手が湧き起こる。最近はさらに難しいビールマンスパイラルもできるようになった。

えいっ……と、心のなかで唱《とな》えて、フリーレッグを頭上に伸ばし、手で摑む。

腰を反らせて、華奢な上体を起こした。

妙に気持ちがいい。眼が少しとろんとする。

肩、腰、股関節を柔軟にする訓練をしていないとできない技である。普通の選手がやると身体を傷《いた》める恐れもある。これを莉奈はビールマンスピンとともに必死に練習してほぼ完成させていた。当然基礎点だけでなく＋3までの加点が期待できる。

スパイラルを続ける莉奈の耳に、背後からエッジが氷を削る音が聞こえてきた。

その音にある種の恐さを感じている。塚原がまた後ろから黙ってついてきた。

「ほら、もっとしゃきっと。チェンジエッジ！」

スパイラルの進行方向を変える。股関節で重心をしっかりさせて、インサイドからアウトサイドへエッジをチェンジした。

背後の塚原を意識して、またちょっと脚が下がると、やにわに股間にすっと手を入れられた。

指がほんの一瞬だが、確かにレオタードのクロッチに触れた。

あうっと、声が漏れそうな刹那、口の形がそうなるだけで何とかこらえた。

つぶらな瞳が瞬時に凍《こご》える。声をかけるのはカムフラージュで、脚を上げさせるとき偶然触れたように装っている。

あぁ、コーチはママとペアを組んでた……なのに……。

塚原の手の動きが怪しくなっていた。指先が鼠蹊《そけい》部から恥裂ぎりぎりまで這ってくる。

今、ふと頭に浮かぶのは、塚原のペアスケートの相手がほかならぬ莉奈の母親だったこと。それはずっと莉奈の悩みでもあった。

莉奈は母親と二人暮しだった。両親は莉奈がちょうどスケートを始めた四歳のとき離婚した。父親のほうに原因があると聞かされていたが、詳しいことは教えてもらっていない。ともかく親権は母親が持つことになって、父親には会わせない方針だった。フィギュアスケートは経済的負担が大きいスポーツだが、父方が代々資産家だったからもともとは余裕があった。莉奈はまだ小さかったからそのころのことを思い出すことはできない。結局離婚したため負担が大きくなったが、莉奈の母親は娘をスケーターとして大成させたい思いが強く何とかやりくりしている。試合のときはどんなに忙しくても応援に駆けつけるし、練習もときどき見にきていた。

母親は結婚と同時に引退し、その後スケートクラブでインストラクターをする傍ら手芸教室も経営するようになった。最近では新しい教室を増やすほど繁盛している。それでも、決して余裕があるわけではない。

ただ、莉奈は協会による強化制度により、強化選手Bという立場で多少優遇されてはいる。強化選手には特別強化選手、強化選手A、強化選手Bの序列があり、それぞれ規定の強化費が支給され、試合などにかかる費用の一部を協会が負担することになっている。

莉奈は塚原の求めに応じて、脚が疲れきるまでスパイラルを繰り返した。

規定どおり三秒以上ミスなく滑る。ジャンプが弱いからその練習もしたかったが、スパイラルをなかなか終わらせてくれない。

三秒間の長さは頭のなかにしっかり入っている。エロチックとも言えるポーズで滑って、硬い氷上に靴のエッジを静かに下ろした。

「そうだ。莉奈ちゃん、綺麗だよ」

脚は急にどんと下ろして氷を砕いたりしない。伸ばした軸足をすぐ曲げたりするのも綺麗じゃない。塚原に言われていたとおりできるようになっている。

スパイラルの練習が一段落したとき、莉奈は練習の様子をある人にリンクサイドからじっと見られていることに気づいた。

審判員の遠藤《えんどう》だった。四十代半ばで、七三分けで、ちょっと苦手なおじさんタイプだ。

今、コーチに脚を触られたのを見られただろうか？　遠くからだが、遠藤の視線に練習風景を見学するような眼とは異なる何か不真面目なものを感じた。セクハラ体質の塚原とはまた少し異なる好色さを感じる中年男だ。

とにかくセクハラを他の人に知られるのは嫌だった。彼に塚原コーチへ注意を促してもらえるような想像はまったくできなかった。

「どこ見てる？」

後ろから肩へ手を置かれた。

と思ったら、背中を指先ですっと縦に切るようになぞって撫でられた。

「はぁう……」

ゾクッと悪寒がして肩をすくめた。

「絹のように滑らかだね」

莉奈はちょっと振り返って言葉にはならなかったが、やめてと言いたげな眼で塚原を見つめた。

指一本だけですーっと撫でていくから、その指先でなぞられた感触が特に背中に残ってかえって快感になってしまう。肩をすくめるだけでなく、怖気《おぞけ》がふるって身体をくねらせてしまうところだった。

莉奈は振付けで下半身を激しく動かすと、必ずレオタードが股間に食い込むが、今何度か脚を上げ下げした時点で、レオタードのすそが尻たぶの真ん中に寄ってくるのを感じていた。手で触って確かめたりしないし、子供じゃないから指で直したりもしないが、極薄の生地が尻溝にだいぶ食い込んでいる。

やっぱり、挟まっちゃう……。

恐れていたことだが、いつものことと半ば諦めてもいた。お尻だって、あの審判員に見られてる……。塚原に見られるよりなぜか気持ちの上で抵抗がある。

小学生のころは食い込みを指で直していた。だが、もう高校生になって食い込むたびレオタードをつまんで出すようなことはできない。この状態だと左右の尻たぶがよく実った果実のように丸々とした輪郭を見せることになる。

それは莉奈もわかっているが、同時に下腹部も気になっている。シースルーぎみのレオタードなんて危険な気がする。恥裂の形が露になるような気がしてならなかった。自分でそこを見て確かめることはできないが、尻溝と同じように感触で食い込んでいるのがわかった。

極薄のレオタードを着せられたらそれは避けられない。最初からわかっていたことで、タイツは穿いているがストッキングのように薄いため、恥骨から恥裂までの輪郭がくっきりと浮かび上がっていた。

こんな恥ずかしいレオタードも、表現力を磨くためだって言うの？

莉奈は今、セクハラではないかという疑念を強くしている。今日のレオタードは扇情的とも言える透け方で、スケートに不必要なセクシーさではないか。もちろん大会でもこんなシースルーは着られるわけはないが、練習にはまったく不要なはずだ。

だが、思い出すのは、少女のエロスを表現しろ、見られる快感のなかに入っていけ——という塚原イズムだ。官能路線のポリシーは本物だし、莉奈はそれを受け入れている。

エロチックな振付けをする塚原がコーチになって、莉奈は初めて女の魅力を意識して表現するようになった。すると元来恥ずかしがり屋で上がり性だった莉奈は不思議なほど本番でプレッシャーを感じなくなった。トリプルジャンプなどの大技に難がある自分が上位選手になるには塚原の方針が正しいと納得していた。

従来から日本人は欧米の選手に比べ表現力に欠けると言われてきたが、最近ではセクシーさを表現して様になる選手も見られるようになった。しかしキム・ヨナの出現で同じ東洋人なのに再び大きく表現力の差を見せつけられるかたちになった。その反省からより女らしさを強調する演技が求められ、それに真正面から応えたのが莉奈に振付けをしたコーチの塚原だった。やりすぎて年増女のようだと言われても、半開きの口、流し目、身悶えするようなボディランゲージでほかの選手にはない色気を振りまいている。

「今年は強い選手が多い。五位以内に入るのは大変だぞ。たぶん桜子《さくらこ》との戦いになる」

莉奈はまだ遠藤の眼が気になっていたが、桜子という名前を聞いて、はっとして塚原の顔を見た。塚原の表情も少し変わった。

宮木《みやぎ》桜子はノービスのときから知っている。莉奈が通う高校の一年生だ。クラスは別で、所属のスケートクラブも違うが、母親が桜子には絶対負けるなと言うので、中学一年のとき受けた競技会出場に必要なバッジテスト六級の受験のときから人知れず競争させられてきた。

桜子はスポーツ特待生として入学していた。学費の一部が免除され、奨学金も支給されている。莉奈は特待生にはなれず、偏差値の高い学校なので入るのは大変だった。スケートに専念できるところなら別のランクの低い学校でもよかったが、母親が認めなかったので必死に勉強し、学校長の推薦枠で試験を受け合格した。

以前から気になっていた子だが、莉奈は同じ高校に入学した彼女と無用な対立は避けたかった。そもそもどこか尖ったところがある桜子は孤立しがちな子という印象で、同じ学校、同じスケート部なのにあまり話したことがなかった。

桜子は陰険な感じはしなくて嫌いなタイプじゃない。ライバルでも足の引っ張り合いはまったくない。お互いの存在を意識しないように気をつけているといったところだ。

学校はスポーツエリート校で、建学の精神として学業とスポーツの両立を謳《うた》っているだけに、進学率も高く運動部の活動に力を入れて各種大会で優秀な成績を収めている。

塚原は引退後一時期桜子のコーチをしていた。叔父である協会長の磯部《いそべ》が桜子は将来有望だとしてキャリアを積ませるために塚原に勧めたのだ。

だが、やがて桜子とその親はジャンプのコーチとして不十分と判断してコーチを代えた。塚原は多少桜子に対して怒りがあり、また莉奈の母親とペアを組んでいたこともあって、ライバルになりそうな莉奈のコーチになった。しかし実力は常に桜子のほうが上だった。

莉奈は強化選手Bだが、一年で五センチ身長が伸びた成長期による不調もあって、前の全日本ジュニア選手権では順位を大きく下げた。今回五位入賞がならなければ強化選手から外されそうだ。

「次は、ビールマンでやってみろ」

今日は最初からそうだったが、塚原の語気はまだ荒いままだ。

レオタードが薄すぎるし、桜子なんて子の名前を出したりするから、調子が狂ってしまう。やはり前回の大会で好成績を残せなかったから機嫌も悪くなるのだろう。

ここは得意のビールマンポジションでのスパイラルを決めて褒められたくなった。脚は反動をつけずに頭上まで自然にすっと上げなければならないが、莉奈は難なく後方に垂直まで上げた。脚は頭より高く上げないとスパイラルとして認められない。身体を前傾させて腰を低く落とし、上げた脚のブレードを持って軸足はまっすぐ伸ばして滑っていく。

塚原がいっしょに滑りながら、腰に触って、

「腰の位置が高いとだめだ。エッジを掴む手が頭から遠いぞ」

「はい」

「軸足を伸ばす」

フリーレッグを掴むとき、軸足の膝を曲げてしまいがちだが、それを注意されてすぐ直した。

「キャッチフットに影響されてる」

塚原が言うとおりで、脚を摑む動作に気を取られていると軸脚がまっすぐにならないし、身体も傾きがちになる。

バックスパイラルでフリーレッグを体側で膝を曲げて摑み、ぐるっと身体の真後ろに脚を回して上げていく。ずっと両手でキープしていたが、最近では片手でできるようになった。そのほうが評価が高くなる。

キャッチフットは逆手でやる。フリーレッグと反対の側の手で持って上げる姿勢が基本だ。

フリーレッグを頭上に伸ばし、その脚を後ろ手で摑んで滑るビールマンスパイラルを華麗に決めた。

遠くで、オーという男の子の声が聞こえた。

こっちを見てるのかどうかはわからない。でもちょっと気になる。いや、少し嬉しくなったと言ったほうがいいかもしれない。

長いスレンダーな脚を思いきり上げて、後ろ手で支えていて滑っていく。

上体を起こし、腰を九十度近くまで反らせ、にこやかな顔をして前を向いた。

塚原の眼下に紫のレオタードのクロッチが露になった。それは莉奈にもわかる。

「背中が反ったまま、脚がつらくなるまで上げつづけろ。でも、笑顔を保つんだ」

見られてる！　クロッチの内側に股布はないし、アンダーショーツも穿いていない。もしタイツを穿いていなかったら、完全に女の子の構造が剝き出しになっているだろう。

あぁ、でも、タイツもすごく薄い……。

もちろん今、どのくらい透けているかなんて確かめられない。タイツさえ穿かせてもらえないなんてことになったら、そのときは絶対ノーを言おうと莉奈は心に決めていた。タイツを穿いていけない理由はないから、さすがに塚原もそんなことは要求しなかった。

タイツのおかげでかろうじて乙女の柔襞は透けないが、レオタード表面には秘密にしたいその形が露なはずだ。フィギュアスケーターだから、間近で見られる羞恥と不安は何度も経験してきたが、こんな百八十度を超えそうな開脚での股間を至近距離から見られるなんて涙が出そうになる。

ふと塚原のほうを振り返ると、眼が血走っているような顔に見えた。さっきやられたような偶然を装うセクハラを警戒した。

「あぁっ」

思わず声が出てしまった。案の定、スレンダーな脚を求めて塚原の手が伸びてきたのだ。

敏感な内腿にタイツの滑らかな表面を通して、ざわざわと刺激が襲った。五本の指が忍び寄ってきてそっと触れた。

股間に触られたらどうしよう――そこに意識が集中する。

透明に近い極薄のタイツ越しに、指先で内腿を撫でられると、独特の刺激があって背筋がゾクゾクした。身体がよじれてしまいそうになる。

太腿に触れているだけなのはおかしい。脚の上げ方を指導するなら、もっとぐっと押すか、摑むだろう。今、後ろにいるコーチからは、両脚が前後に開いてレオタードがピタッと張り付いた股間が見下ろせるはずだ。

あぁ、じっと見られてる……さ、触られちゃう！

すぐ横を、歳下の選手が一人滑走していった。

「あっ、コーチ！」

恥丘の隆起の部分をそっと撫でられた。

レオタードの生地に表れている膨らみは、単に丸く盛り上がっているだけでなく、恥丘の輪郭そのものが浮き上がって卑猥だ。指先で少し凹《へこ》まされ、莉奈が狼狽《うろた》えて脚を下ろそうとすると、摑まれて止められた。同時に、指が恥丘からズルッと恥裂ぎりぎりのところまで滑っていった。

「そ、そこ、だめぇ！」

悲鳴のような声になった。華奢な身体を切なげに縮こまらせ、ようやく脚を下ろすと、塚原も手を引っ込めた。

身体の軸を意識して行うフィギュアスケートの演技は股間や股関節に意識を集中させないとできないエレメンツが多い。言葉だけでは指導できないこともあり、太腿あたりに手が触れるのもやむをえない面がある。しかしあくまでそれは偶然であって故意に繰り返し触れればセクハラ以外の何ものでもない。

莉奈は今日のようなことが起こったとき、心のなかで自己欺瞞が渦巻くことがあった。偶然手が触れただけかもしれないという自分に対する言い訳の気持ちが芽生えた。だが、脚などを掴むことが指導のためであっても、同時に触って楽しんでいるのは間違いない。

見られる快感で少女のエロスを表現しろと要求されるのは、多少行きすぎがあってもコーチの仕事としての求めだろう。それは理解していた。だが、公私混同があると莉奈は思っている。

胸、脚、お尻、そして女の子の秘めたところまでも官能的に披露させる。内腿の筋が突っ張るまで脚を開かせて、スポーツだからという建前がなければ決して見せられないポーズをおびただしい数の人の眼に触れさせていく。

あぁ、わざと恥ずかしがらせるのね。エッチな眼で見られることに馴れさせようとしてる……。

いやっ、マゾヒスティックに感じろなんて。そんなこと大人の男の人がわたしみたいな歳の女の子に言っちゃいけないはず。心の葛藤は今でも続いている。

ああ、まだあの審判員がいる……。

遠藤がさっきよりリンクサイドの壁近くに立って、こちらを興味ありげに見ていた。どうしてわたしばかり見るのだろう。おかしい。やっぱりわたしに特別な興味を持ってる。そんなときの男の眼差しには敏感な莉奈だった。

以前、莉奈は練習後に彼と塚原が話すのを聞いて嫌な思いをしたことがある。その場からちょっと離れたとき、フィギュアスケートに比べたら、U－15の少女のお尻の上げ方、脚の開き方は平凡そのものだと、遠藤が塚原に話す声が聞こえてきた。いやらしい話に違いないと思ったが、あとでネットで検索してそれが少女のポルノまがいの写真や映像のことであることがはっきりした。そんなことから莉奈はもともと遠藤に警戒心を抱いていた。

莉奈はU－15の写真集にあるバックポーズ以上の激しいポーズでも、フィギュアスケートという鉄壁の建前で防御されている。後背位のセックスと同じポーズであり、薄い生地一枚で尻たぶ、尻溝の起伏を赤裸々に露呈させてお尻が飛び出しているにもかかわらず、猥褻ではなくスポーツや芸術的な演技ということになる。テレビ放送など公《おおやけ》の場でそれを冷やかすような真似は許されない。

スパイラルを終えて脚を下ろすとき、触られたことで小さな悲鳴を漏らして身体をくねらせたため、塚原は一瞬臆したように見えた。

お互い顔をじっと見合って、塚原は一瞬眼をそらせたが、気を取り直したのか、

「次、トランジション――」

莉奈の眼をしっかり見て言った。

そういう強く出ようとするところが嫌いだ。いやらしさを隠そうとしてる……。

エレメンツとエレメンツの間のトランジションは、ステップやターンなどフットワークでつなぐ。このエレメンツにカウントされない技にはイナバウワー、バレエジャンプがある。華麗なステップから百八十度の開脚ジャンプを数回練習させられた。

落ち着くと、塚原が近寄ってきて、はあはあと息急《せ》いて滑る莉奈に伴走した。

「やっぱり莉奈ちゃんは何をやらせても様になってるね」

妙に明るい声だった。

そんな声を出して誤魔化そうとするときのコーチは何かたくらんでいる。女の勘というより、これまでの経験則からだ。

滑るのをやめると、後ろに回ってきた。

不安なものを感じる……。

振り返ると案の定、締まった細い胴を両側から摑まれた。

「ヤン」

親指が腰肉のちょっと感じるところに食い込んでくる。腰だからまだ性的な意味でのタッチではないと言うのだろうか。

「小学生のとき、もうウェストがくびれてた」

手はいとも簡単にお尻に移動してきた。

両手とも、すっと下がって左右に尻たぶを覆った。

「まん丸く、大きくなってきたね」

「あ、いっ、あぁ、いやっ……」

何て言ったらいいかわからない。大きくなって形もよくなってきたという言葉を前にも言われたことがある。スケートの表現力にいい結果をもたらしてるという意味だったから、そういうニュアンスで言ったのかもしれない。

でも、触っていいわけじゃない……。

手はすぐ離れたが、後ろに立たれて見られたら、視線が気になって仕方がない。

今、レオタードの感触でわかっていることは、最初四十五度くらいにすそラインが切れ込んでいたのが、みるみる上がってきてもう六十度くらいにはなっていることだ。

お尻の溝に食い込んで、白い尻たぶは半分以上露出している。

レオタードが真ん中に寄って尻溝に挟まると、白桃を大きくしたようなまん丸い尻たぶが露出した。

競技会での滑走中に脚を上げたり開いたりすると、コスチュームがお尻に挟まって食い込む。バックがハイレグ状態になって演技が終わるまで元に戻らない。新体操の中学生レベルではそのつど直しながらやるが、フィギュアスケートはノービスでもそんな余裕はない。

塚原が莉奈の前にすっと滑ってきた。

前を見るためなのね。それがわからない莉奈ではない。

やっぱり、見てる……。

視線は恥丘に注がれていた。

そこは、お尻以上にちょっと危険地帯だ。土手という言い方も知っていた。でも、言われたくない。そして、男の人は見ないでほしい。

モッコリしてるね……。コーチには実際そう言われたことがあって、そのとき不覚にも手で前を隠してしまった。

ニヤッと笑われてとても恥ずかしい思いをさせられた。女の子に言ってはいけないことを言って、しかも笑うなんて許せない気持ちでいっぱいになった。

「気にせずにやるんだ」

何を気にせずになのか。口には出さないものの、恥丘のふくらみを見てそう言ってきた。

あぁ、気にせざるをえないように触ったり、じっと穴が開くほど見たりするくせに……。

コーチでもそういう言い方をされたら、悔しい思いになる。言葉だけでも立派なセクハラになってる。

「このビーナスの丘の盛り上がりも表現させたい気分だよ」

「えっ、い、いやぁ……」

やっぱりそういうふうに言うのね。

恥丘はふだん意識したことがないし、ましてやスケートの演技でそこを「魅せる」なんて考えたこともない。

ちょっと感情的になって口走ったが、そのときにはもう塚原は胸の膨らみや、その先端を見つめていた。

ち、乳首も見てる！

乳頭の尖りを目の前であらためてじっと見つめている。

「ぽちぽちは気にするな」

指でさして言った。

「やン」

今度はさっと手で乳首を隠した。わざと気にさせるために気にするなと言ってる。

わたしには、わかってる。

怒りを感じて口を尖らせる顔をしてみせた。

すると、さすがに塚原は眼をそらした。だが、笑っている。

あぁ、先がちょっとツンとなっちゃった。ま、前のふくらみもこんなレオタードだと……。

涙ぐむ莉奈だ。泣きはしないが、つぶらな瞳が潤んでキラキラしてくる。

レオタードのクロッチに女の子が見られたくない形が出ている。もう莉奈は身体の感覚でわかっていた。心許《もと》ない薄い生地に、細長い乙女のスジができていることを。

レオタードやスパッツなど、化繊の生地のものを身につけるアスリートの場合には避けられないことだが、激しい身体の動きを続けていると、やがて単に溝に食い込むのではなく、ふっくらした陰唇の形そのものが浮いてくる。汗やその他の分泌によってなおさらくっきりと見えてくる。

中学のとき、ノービスの可愛い子が異常なほど食い込んだまま演技を続けたあと、シクシク泣いていたのを目撃したことがある。自分もああなるのかと心細くなったのを覚えている。

莉奈はレオタードが奥深く挟まった状態で、股関節をぐるっと半回転させて開脚していった。

両脚を前後に百八十度開脚させる。その状態をずっと維持して滑走する。

スパイラルによる股関節の張りのなかで、ぴんと伸びきった敏感な内腿を撫でさすられ、脚の付け根に指を食い込まされた。

そこまで指導という口実で弄《いじ》られる。してはいけないことなのに……。

莉奈の下半身に望まない快感が生じていた。

繰り返し飛んだ開脚ジャンプも、心と身体に性的な高まりを感じた。一休みしたとき、莉奈はそのことに気づいた。

やっぱり言わなきゃ、このレオタードは着れませんって！

莉奈は眉をひそめて瞳を潤ませた。

が、塚原にそう言おうとしたとき、恐れていたことが身体に起こった。

愛液が分泌したのだ。

あっ、あぁ、いやぁぁ……。

膣が締まるような感覚になって、ジュッと……。

身体の芯は熱くなっていたのだ。来るべきものが来たという感じである。他の子にはないエロスの肉体を酷使し、自己陶酔していく先にはクリトリス勃起と膣開口、愛液分泌がある。

レオタードの淡い紫は染みをやや目立たせる色だ。滲んできて人に知られたら絶対恥ずかしいだろう。

「コーチ、わたし、ちょっと……」

慌てて言いかけたが、ちょっと言葉に詰まってしまった。

「うん？」

「レ、レオタードを代えてきます」

恥じらいながらも、気持ちが焦ってそう言った。

「何言ってるんだ。そんな暇ないよ。さあ、次はビールマンスピンの練習だ」

「あぁ……」

今もう少しのところで、染みが……と言ってしまうところだった。だが、

「いいんだよ。女の子は顔の表情をつくって、お尻を振ってると、気持ちが入っちゃって、そんなふうになることもあるんだから……」

塚原に甘くささやくように言われた。

バレてたんだ！　思わず顔を赤らめてしまう。

塚原は眼を細めて頷いて、さっきと同じように笑っている。

いやっ、笑わないで。恥ずかしい振付けをして、大勢の前でセクシーポーズを取らせるのは誰？

前にも同じようなことがあって、そのときは練習の終わりころに愛液が出てしまい、レオタードの生地に滲んで染みをつくった。愛液という言葉は知っている。でも自分の口でそれを言ったことは一度もなかった。コーチに愛液のことを言われたらどうしようと気が気じゃなかったが、そのときは何も言われなかった。

でも、ひょっとしたら、わかっていたのかも？　もう想像したくない。恥ずかしくて、悩ましくなってしまう。

ビールマンスピンは身体がかなり柔らかくないとできない難しいスピンである。シニアの全日本選手権レベルだが、莉奈は必死に特訓してできるようになった。桜子は莉奈ほど肩や股関節が柔らかくないのでビールマンはやらない。桜子に勝るポイントの一つだ。

莉奈はレイバックスピンから始めた。

フリーレッグを少し可愛く曲げて女らしく見えるようにする。足先は靴が上がって可愛く見える。回転するに従って手を上げてクロスさせ、胸元に寄せる。するとスピンの速度が増して可憐に見えてくる。

「ジュニアでもセクシーな表現で点が上がることは公然の秘密だよ」

塚原の言うとおりだった。それは莉奈もわかっている。

十分な回転速度をつけたレイバックスピンから、右足のフリーレッグと同じ側の右手（順手）でエッジを摑んで、靴が頭よりずっと高く来るまで持ち上げた。

回転しながら、上げたフリーレッグとくっつかんばかりに上体を反らせていく。

ビールマンは素人目にも難しい技だとわかる。深くのけ反った格好で後方に蹴り上げた脚を持って高速回転していく。

「軸足が曲がらないように！」

前後百八十度に開脚し、腰を深く反らせ、顔は上を向いて虚空を見つめる。

「あうぅ……」

頭のてっぺんがふくらはぎにつくほど腰椎の柔軟さを発揮してのけ反り、顔を恍惚とさせる。苦しい表情ではない。快感の表情に近い。

スレンダーな長い脚を前後に百八十度以上開くと、股関節がぐるっと動いて股関部の奥まった感じがなくなり、レオタードのクロッチ全体が盛り上がった。

まだ見てるわ……。

そばにいる塚原よりも、離れたところにいる遠藤の存在が気になった。

ビールマンは難度が最も高いスピンだけに、上手くやれば高い基礎点と加点が得られる。

「スパイラルもだけど、ビールマンスピンは特にセクシーな演技が高まっていくときに必要なんだ」

あぁ、人がいるところで言わなくてもいいのに……。

塚原の声は周囲にも聞こえている。滑っていく子たちの表情でわかる。

でも、確かにコーチの言うとおりだと、そんな気はしている。脚を頭上高く上げて上体をのけ反らせる様は、何か美しさの極致に達していくように莉奈自身も思うことがある。

「脚の長い莉奈ちゃんの魅力を表現できる。少女のエロチックな魅力をね……」

エロチックな魅力？　セクシーではなくて……。いやぁ、言葉が間違ってるわ。セクシーとエロチックとは違うもの。

それに、莉奈は塚原らしい卑猥な言い方だと嫌悪する。特に「少女の」という言葉を故意につけたところだ。大人の男の人が言うと、問題だろう。悪くすると、危険なマニアの趣味に思えてくるから。

「まだ脚が曲がってる。もっと伸ばせ」

軸脚のことを注意されたが、集中力を乱すようなことを言うコーチがいけないのよ、と言いたかった。

テレビ放送ではビールマンスピンをする選手のアップ映像をスローで再生するとき、必ずと言っていいほど股間が映らないように配慮している。股間がカメラのほうに向くたび、モッコリした秘部が見えては消えるが、悪くすると恥裂の形まで見えてしまうのだ。

だが、会場では、かぶりつきの席に陣取る審判員や観客がこのビールマンスピンのときの股間全開を見逃さない。そうなることは莉奈自身も想像できる。

「莉奈ちゃんより脚が上がって腰が反る選手はいない。スピンしながら見てぇと言うんだ。どうせ聞こえないんだから」

「えっ？　な、何……」

そんなことさせようなんてどうかしてる。何の意味があるの？　わざと恥ずかしい目に合わせようとしてる。莉奈はエスカレートする塚原に狼狽させられた。

とにかく今は他の子にも聞かれるから、大きな声で言うのはやめてほしかった。

「審判員も人間だから、テクニックだけ客観的に判断しているわけじゃない。気持ちを入れろってことだ。きわどいところまでじっくり見てもらえ！」

「あっ、そんなことは、ちょっと……」

塚原の言い方が乱暴になった。

息を呑んで顔を上げ、エスカレートして野放図にいやらしい言い方をするコーチに、莉奈は細い綺麗な眉を歪めて、嫌いだと表情で伝えた。

十五歳にもなると、少女としてかなり発育した身体になっている。塚原によれば、もう大人の女ということになる。

莉奈は内心美貌に自信を持っている。女のプライドが保たれる条件下でなら、羞恥を感じても大勢の人に見られたい。女なら本能的に持っている露出マゾヒズムが莉奈にもある。いや、その傾向は普通より強いかもしれない。塚原の言い含めるような言葉と手取り足取りの指導で洗脳されてきたからだ。

莉奈は股関節が外れそうなほど開脚し、弓なりに腰を反らせてスピンしていく。

今だって、人がたくさん見てる。

見られながら忘我の境地へ――わたし、本当はこれが好き！

莉奈は軟体動物と言われる身体の柔らかさを生かして、背を限界まで反らせ、脚を頭上高くに上げ、つま先も顔も天井を向いたまま完璧なビールマンスピンを演じる。人形が機械的に回転するようにスピンを続けた。

ゆっくり回転を終えて静かに脚を下ろし、一回くるりと円を描いて止まった。

ふっと息をつくと、すでに背後に塚原が立っていた。

後ろから腰に両手を回された。手がちょうど下腹のところにある。

中指だろうか、指先が恥丘に着地するのを感じた。

莉奈が「あっ」と言って下を向くと、その指が危険な低地へ下りていくところだった。

「いやぁン」

大きな声を漏らしてしまった。人に聞かれたのではないかという不安が脳裏をよぎった。

指先が谷間を探検するようにまっすぐ通っていく。そこは絶対触らないでほしいと祈るように思っていたにもかかわらず。

ほかの生徒から見えないようにして触られた。もし見られていたとしても、練習の口実があるからばれない。

自分でもはっきりとはわからない複雑な形状の部分を今、男であるコーチが指で触っていった。

不可抗力を装ってまさかの恥裂へのタッチだ。女の子の形を指で感じ取ったはずだ。ドキッ、ドキッと鼓動が高鳴る。

太腿のポチャポチャとした肉付きは無駄な肉ではなく、丸みの美しい表面にたるみのないスラリとした美脚である。

塚原は指の腹でスベスベ感を味わっていく。完璧な丸みを誇るお尻ラインも味見されていく。

肌のスベスベ感は塚原に知られている。肌の滑らかさ、触り心地のよさを確かめられていく。

指がレオタードのすそに達すると、少女のシークレットな部分まであとわずかの距離となって如実《にょじつ》に危険を感じた。

「とにかく、莉奈ちゃんは身体に贅肉というものがまったくないよね。せっかく可愛い顔と身体なんだから、徹底的に利用するんだ」

指先がレオタードにできたスジまで下りてきて、そこからすっと少し進んで止まった。

また触られた……。

莉奈は一瞬身体が固まってしまう。そこは、女の子の一番感じる弱いところ。クリトリスだから。

「あぁン」

刺激が走った。塚原の指が肉芽を飛び越えて食い込み、掻き出したのだ。

だ、だめぇぇ！　声は出さない。呑み込んでいく。割れ目を何度も指で掻き出された。

巧みに指導という口実が使われているからイタズラだなんてことにはならない。それどころか触られて感じてしまった。

いやぁ、その前から太腿をかなり触られたわ。腰にも指が食い込んで、グリグリやられて……。

その時間が長かったから、じんわり感じていた。

コーチはそこまで考えて陰険にやっていたんだわ。

はらはらしながら、脳裏にセクハラのことを思い浮かべていると、塚原の指先が、レオタードの生地を通してクリトリスの突起に当たった。

「あうっ」

薄い生地にはっきりと浮いてきた恥裂はいつもより幅が広くなっていた。感じて花びらを開いているようだ。

影響して乳房までも感じてしまった。乳首がもう尖《とが》ってきている。そして……。

練習の途中で身体に起こった恥ずかしい変化がさらに深くなって、恥裂内部にヌルヌルが溜まり、溢れてきた。

リンクの貸し切り時間もだんだん残りが少なくなってきた。

生徒たちがリンクサイドのエントランスの段差を上がって、流れるように次々にリンクから出ていきはじめた。

練習が一段落ついて、塚原がリンクから上がると、遠藤が手を上げて「やあ」と相《あい》槌《づち》を打った。

コーチと友だちなんだろうか。それならちょっと抵抗を感じる。莉奈は近づいてきた遠藤と眼が合った。

「ビールマン完璧だね」

リンクサイドに立つと、話しかけられた。

緊張して上目遣いに見ながら軽く会釈する。

「シニアのレベルになってる。表現力が他の子と違うしね。ビールマンスピンはトップレベルだよ。申し分ない。でも、この前見たときもそうだったけど、ジャンプの軸が少し傾いてるね」

莉奈が応えないので表情がやや固くなって、塚原のほうを見て話した。それから莉奈を見て、レオタードの肢体へちょっと視線を這わせた。

塚原はあまりいい顔はしなかったが、わずかに頷いた。莉奈は遠藤とのやり取りでちゃんと口に出して言ったほうがいいか迷いがあって、単に「はい」と言って頷くだけにした。

「トリプルはトウループだけだね。一つ上のサルコウは？　できたらフリップ、だめならループ」

莉奈は俯き加減になる。遠藤はルッツなんて仮定の話でも言わなかった。できるわけないと思われているのだろう。トリプルルッツは天才しかできないトリプルアクセルの次に難しいジャンプだから。

「いえ……」

「遠藤さんは技術審判員だからなあ」

塚原も苦笑いして、莉奈をいくぶん庇《かば》うように言った。

「そういうわけでもないですよ。でも、まあ、ジャンプだけがすべてじゃないからね。特に塚原コーチの場合は誰も真似できない振付けがあるし」

振付けの話をされるのは嫌だった。露骨に嫌悪感を顔にあらわすことはできないから、宙を見つめる眼差しになった。

ふと気づいたのは遠藤の視線が怪しいこと。レオタードをポコッと膨らませるバストとその先端の恥じらいの突起を見下ろしている。

コーチでもないのに、真正面からじっと見るなんて、やっぱり思ったとおりエッチな人なんだ。莉奈は疑いたくなる。

トウループのことでは、以前にも今日と同じように練習のあと、この遠藤に言われたことがある。三回転三回転のセカンドジャンプは難易度が下がるトウループにすればいいと言うのだが、莉奈ができるのは三回転二回転までなのだ。あまり莉奈のことを知らないのに口を挟んでくるので、ひょっとするとセクシーな衣装や振付けで物議をかもしていることもあって、変な興味を持たれてしまったのではないかと思った。

遠藤は間近に迫った大会のことをずっと塚原と話していた。

今着ているレオタードのことは口にしなかったが、ときどき横目で盗み見る遠藤の視線は間違いなく透けた乳首に注がれていた。

「着替えに行きます」

塚原と遠藤が話しつづけているので、莉奈はその隙に二人の間をすり抜けるようにして更衣室のほうに行った。

そのとき、話すのをやめた遠藤にじっと見つめられた。

第二章　密室絶頂マッサージ

遠藤は審判員だからさっきの態度はちょっとまずかったかもしれないと、莉奈が更衣室に向かって歩いていく途中で感じていた。もう高校生だからそういったことがわからない年齢ではない。確か今度のジュニア選手権の審判をするらしい。

そういう立場の人には嫌われないようにしたほうがいい……それは莉奈とてわかっている。

大人の男ってみなどこか同じ危険な面があるような気がするが、でもあの一見無表情で眼の底に性的な興味の輝きを秘めている眼差しは特別な気がした。

あの人、セクハラするコーチより陰気な感じ。どこか冷たくて恐いわ……。

更衣室のほうへ足早に通路を曲がっていく。

控え室のほかに更衣室もあるリンクなので、レオタードに着替えるスケートクラブの子たちも安心して使えるのだ。

前方から同じスケートクラブに所属している学校の先輩が歩いてきた。

ちょっとまずいと思った。嫌いじゃないけれど、少し苦手な先輩だった。高三で富《とみ》永梓《ながあずさ》という同じスケートクラブに所属している十七歳の有名選手で、前年度好成績を残しているためシニアの全日本選手権に出場できる。百六十四センチの長身、目鼻立ちのととのった美人で莉奈も引け目を感じるほどである。

眼が合って向こうから笑みを見せた。先輩の視線は以前からときどき感じる。

早く更衣室で着替えたいが、先輩が前から近づいてくると、恐縮して莉奈も立ち止まった。

「莉奈ちゃん、いつも可愛いわねえ。遠藤と何話してたの？」

聞かれて、戸惑ってしまう。

「別に。ジャンプがよくないとかですけど……」

莉奈はちょっと応えにくかった。何か変な興味を持って聞かれているような気がした。

「あいつ、エッチよ。こないだ、成長したなとか言ってお尻を撫でられたわ。でも審判員に気に入られようとして色目使ってる子もいるわ。愛嬌振りまいてる。イケナイ関係になんてのもあるそうよ。特に可愛い子は……」

背が高いので見下ろされて、威圧感を感じる。イケナイ関係なんて、まるで自分がそうだと言われているような気がした。この先輩が苦手なのはけっこう人に干渉してきて何でもずけずけものを言い、コーチや協会の人の噂話を聞かせてくるところだ。しかし姉御肌《あねご》で実力もあってみんなから一目置かれ、梓先輩と呼ばれている。

「手の動きが綺麗になってるわ。指先まで演技してる。前は腕を思いきり伸ばすだけの感じだったけど」

手の動きまで見ていたとは。塚原さえ言わなかったことなのに。練習しながらよく見ていたものだと感心するやら驚くやらである。

「でも、このレオタ何？」

胸元のヒラヒラを触ってくる。周囲を見回して、莉奈の肩をそっと押して廊下の端に立たせた。

「めちゃ薄いじゃない。これ見よがしにスケスケ。お尻が透けて見えてたわよ。うふふ、前のほうだって……」

視線を下に落とす。薄い生地一枚下はただの裸だ。何も着けていない。ショーツなんて穿いていない。タイツは穿いているけれど、大事なところが透けている。

莉奈のレオタード姿は透けていても清潔感があって、卑猥な思いで見ていい感じではないが、そばを通る人はちょっとギョッとする眼で見ていった。

梓に肩を押されて、更衣室の前を過ぎて廊下を曲がった。

人が通らないところに立たされて、ちょっと不安になる。

梓と二人きりになった莉奈は恥ずかしさから透けて見える左の胸を手で隠した。

「恥ずかしいならそんなレオタード着なきゃいいのに」

コーチが無理やり穿かせたのに、自分から喜んで着ているように言われた。先輩には口応えが許されないというわけではないが、この先輩の言うことは聞いておかないとまずいような気がしている。

「コーチが決めてるから……」

莉奈は大きな瞳を落ち着きなく瞬きさせて、顔を赤らめた。

梓は眼を細めてじっと胸のあたりを見てから、右の乳房を隠しているレースの襞を指でめくってのけた。

ヒラヒラの間から、乳首の形が見えてきた。

「あっ、そんな……」

左を隠したら、すぐ右の乳首を覆っているレースをのけられて露出させられた。乳輪は小さいが生地が薄いため、膨らんで段がついているのがわかる。尖った乳頭の形もだ。

ちょっとあからさまにやられて眉をひそめ、乳首の尖りを手でそっと隠した。

梓は黙って口元に笑みをつくり、やおら莉奈の腰に両手を回してきた。

手のひらでお尻を包み込むように触られた。莉奈は腰をひねって横を向いたが、片手で腰を押さえておいて、もう一方の手でエッチな男のようにお尻をまさぐりはじめた。

「こないだはアンダーが張り付いてクリクリしてたわ」

お尻全体を丸く撫で回していく。

「ちょっと、先輩……い、いやぁ」

大胆に触ってくるものだから、度肝を抜かれてされるままになった。

梓は柔らかい肉質を楽しむようにしばらく尻たぶを弄《もてあそ》んだあと、その手を胸のところまで上げてきた。

「いやぁン！　ちょ、ちょっとぉ……」

人差し指の先で、テニスボールのような丸い乳房をぐるぐる円を描いて撫でられた。

莉奈はさすがに嫌がって身体をくねらせる。

「いいから、じっとして」

梓はしつこかった。後ろから来る人の眼は上背のある梓が背中で隠し、前から誰も来ていないことを確認してやっている。

レオタードの薄い生地を通して指先で刺激されると、乳房に塚原の手によるものとは異なる繊細な感じのうずうずする快感が襲ってきた。

乳房を五本の指で包むようにそっと握られた。

「マシュマロみたく柔らかいじゃない」

やわやわと揉んでくる。そんな大胆に触るなんて塚原以上だ。一瞬抵抗できなくなる。蛇に睨まれた蛙のようになってしまう。

「コーチに触られてたわね。でも力のある人には従ってたほうがいいわ。叔父さんが協会長でしょ?」

レオタードに浮いた乳首をつままれた。

「はうぅっ」

塚原が協会長の甥だということで周囲が遠慮がちに接していることはわかる。でも莉奈は単にコーチとしてしか見ていなかった。

「あなたの演技はエッチな感じ。感じてるような表情つくって可愛くてエロだから、男の人を興奮させるわ」

「あぁ、やめてぇ……」

塚原にされたときもそうだが、なぜか自分で触るときより、キュンと感じてしまう。おとなしくなっていた乳首がまた尖ってきた。

細い指先で乳房と乳首を愛撫されてピクンと感じた。ちょっときつめの先輩の妖しさにドキリとする。

「あなたの歳でこの色気。レオタードもエッチね。とてもお似合いよ」

エッチだから似合うなんて心外だ。でも梓先輩は恐いから逆らえない。莉奈は上目遣いに少し睨むだけだ。

「露出趣味を刺激されて興奮して……そうなんでしょ？」

「あうぅ」

呻くだけで首を振って否定しようとする。もう快感で乳首が硬くなっている。

「でも、あなたのような可愛い子には男の人は夢中になるわ。タイツの線がこんなにくっきり見えちゃってる」

レオタードに透けたタイツのウェストラインを指ですーっとなぞられた。

「あン。も、もう、そこまで……」

顔をしかめ、触ってくる梓の手を摑んだ。

それでも梓は指先で横に切っていくように撫でる。さらに臍の下から股間へと伸びる中心線をなぞっていった。

「いやぁ……」

莉奈はゾクッとくる妖しい刺激で思わず前屈みになって、睫毛の濃い色っぽい瞳を瞬きさせた。

「女の子の部分だって透けていそうよ」

「アアッ……そ、そこは！」

まさか秘められた部分に触られるとは——。指先がタイツの中心線の先にある恥裂に達した。

狼狽えて手で前を押さえた。いくらなんでもそこは触られたくない。

梓はいったん手を引っ込めたが、また莉奈の腰に両手を回して少し抱《かか》え込み、逃がさないようにしておいて、尻を円を描くようにさすった。

「ああ、先輩、もう……」

莉奈は尻をゆすって逃れようとする。

「こんな透けた薄いのを着て興奮してる子が悪いのよ。見て見てと言ってるようなものじゃない」

そんなふうに言われて、自分が悪いことしているわけではないのに、他人の眼が気になって周囲を見回した。幸い誰も見ていないようだ。

「でも後悔することにならないかしら」

そんな嫌な言い方、まるで莉奈が望んでそうしていて、裏目に出ると言っているようではないか。

派手なレオタードやコスチュームが安直にセクシーさを追究しすぎで、振付けも過剰な表現だとされ、それがコーチが決めたことでも、結局自分のせいにされそうな気がした。

それにしてもノービスのころからぴっちり身体に張り付くレオタードには、男の視線をひしひしと感じていたが、女である先輩スケーターの隠微な視線もあったとは驚きだった。

「綺麗な髪ね」

莉奈は髪は胸まであって長いが、全部上げて後ろで丸めている。梓に髪をちょっと撫でられた。

綺麗と言われたからそんなに嫌じゃないが、どこか男っぽくてレズのようにも思える。塚原の男の欲求とは異なる女ならではの陰湿で卑猥なねっとりした眼差しを感じた。美人なのに男の影がまったくないからやはりレズなのかもしれない。そうなら塚原のセクハラとはまた別の意味で恐い。

「この可愛いお尻は誰のものになるの？」

胸は誰かが来たらバレやすいからか、お尻に触ってくる。他人《ひと》の目があるのに大胆にやることが信じられない。しかし拒めなくなってくる。

「莉奈ちゃんはスレンダーだけど、弱々しい華奢な感じじゃなくて、太腿なんか柔らかいポチャポチャした肉が付いてるわ。脚が棒のように細い子はフィギュアスケートに向いていないと思うの」

そう言って脚にも触った。太腿を何度も指先で撫で上げる。ゾクッと快感が……。

「梓先輩、だめぇ……女どうしなのに……」

「男に触られるのはいいの？　コーチには……。でも、本当にはまだ男の人を知らない身体ね」

またお尻を触った。両手で左右の尻たぶを存分に揉んでからその手が前に回った。指が再び恥裂へ侵入してきた。

「あぁっ！」

さすがに莉奈も嫌がって腰をひねり、梓の手を振りきった。

「うふっ……ちょっとしんなりしてたわよ」

じっと眼を見てくる。

「さては、コーチに触られたとき感じて……そうなんでしょ？　処女でも、身体は切なく疼くこともあるってわけね」

莉奈はもう声にならず、ちょっと泣きだしそうな顔になって、違うわ！　と首を振ってみせた。

梓はもう手を出さなかったので、莉奈は彼女の横をすり抜けて後ろの更衣室に入ろうとした。そのとき、

「着替える前に控え室に来い！」

後ろから大きな声で塚原に呼ばれた。突然の声にビクリとする。

梓も驚いて塚原のほうを振り返った。

「コーチと二人っきりになるのね」

後ろから言われた。卑猥に笑う梓の顔を想像してしまう莉奈だった。

塚原が控え室に来いと言う目的はわかっている。莉奈は最近練習が終わると、入念

なマッサージを受けるようになっていた。

莉奈は更衣室で着替えてから行こうと思ったが、今日はジャージを忘れたので、今日ここへ来たスカートとトレーナーの格好でマッサージを受けることになる。だが、まさかスカートではできない。塚原に言われなくても、着替えずに行くしかなかった。

莉奈はレオタードのまま選手控え室のドアをノックした。

「はい」

塚原の声が返ってきた。それだけで緊張する。長年のコーチなのにどうして緊張しなければならないのか。

ドアを開けてなかに入ると、塚原が長椅子のソファに脚を開いて座り、背もたれに両手を伸ばしていた。部屋には塚原の姿しかなかった。

「マッサージするからそこに寝て」

塚原が顎で指したのは幅の広い真新しいマットレスだった。莉奈はやっぱりというちょっと暗い気持ちになった。

前にこの控え室に呼ばれたときも、同じように敷いてあったが、そのときは分厚いスプリング式の古いものだった。

上に乗って膝を曲げていくと、足が静かにめり込んで、それが低反発マットレスだとわかった。

ソファに座った塚原に見下ろされて寝るのに少し抵抗を感じながら、マットレスに腹ばいになった。

頭のところにタオルが畳んで置いてあったので、頬をつけてうつ伏せになった。低反発の素材はうつ伏せでも苦しくなかった。

フィギュアスケートは足腰に疲労が溜まるから、まず腰を主に指圧する。莉奈くらいの選手ではまだ専門のマッサージ師がついているわけではない。個人で依頼するか、コーチが代わりにやることが多い。

いつも腰は入念に揉まれるが、今日は特にゆっくりと両手の指十本を使って揉み込んできた。どうもレオタードの生地越しに莉奈の身体に触る感触を楽しんでいるように見える。

練習で疲労が溜まった腰へ両手の親指の先を深くめり込ませる。その状態をしばらく続ける。ジワリと効いて心地よくなった。

ほとんど指圧の場所を変えずに時間をかけてツボを突いてくる。莉奈のツボを知っているのだ。

あう。

口が少し開いて、苦しげな快感の声を漏らしそうになったが、何とか声は出さなかった。

腰から下に快感の熱が溜まってきて、声を漏らすまいとこらえていたら、お尻のやや上のほうにぐっと指圧をかけられた。

「ああン」

我慢していた声が漏れてしまった。

まだ十五歳だから、お尻に近いところに強く指を立ててグリグリ揉まれたら、くすぐったくて笑ってしまいそうになる。だが、同時に性感帯を刺激されていたので、

「あ、うっ、あはっ……」

やっぱり声が出てしまう。

やがて莉奈は横向きにさせられた。

その格好だと一番こたえるところを指圧される。経験でそれがわかった。塚原は肘をお尻に押し当ててきた。

「あぁう！」

尻たぶを凹まされた。坐骨の周囲を強く圧迫されていく。

やぁん、そこは弱いわ……か、感じちゃう！

狼狽えてしまうような刺激を感じる箇所だった。

「坐骨神経は効くだろう？」

背中越しに塚原の声を聞いた。顔がにやけていそうだ。塚原は前から坐骨神経は特に疲労が溜まってくるから、毎日それを抜いておかないと血のめぐりも悪くなると言っていた。でも本当にそうなのか。特に疲労が溜まるからなのか、それとも特に感じるからなのか……。キューンと深いところまで感じて、愛液が出ることだってある。

「あうぅぅ」

お尻のなかでも神経の集まった敏感なところなのに、肘でやるなんて刺激がありすぎて、どうしても声が出てしまう。骨の周囲を飛び飛びに何度も押されてジーンと深く響いてきた。このままいくと、甘い刺激に変わってきそうだ。

側臥《そくが》のまま左右の向きを変えさせられて、両側の坐骨の部分を繰り返しマッサージされた。

もう、いつまで続けるのぉ……。

綺麗な丸い眉を歪めて眉間に皺が寄る。快感から気持ちを何とかそらそうとするが、物理的に刺激されているから性感帯への影響は避けられない。

今、愛液が出たら、極薄のレオタードの股間に染みができてしまう。いや、もう練習のとき触られたことですでに染みはできていた。それがさらに大きく広がって、そしてクロッチの表面がヌルヌルしてくることに……。

あっ、だめぇ！

声をあげそうになった。莉奈は今確かに、愛液が滲み出てくるのを感じた。

まもなく塚原は肘を上げて坐骨神経のマッサージを終えた。

しばらく黙って見下ろしているので、何か言われそうで気になる。腰に手を置き、上から横顔を見て、

「効いたか？」

確かに笑いを含む声だ。やはりそういうふうに聞いてくる。声が出たからわかってるはずだ。クロッチのところはきっと大きな染みができている。身体の奥でジュンとなったのだから……。それは自分でもわかる。

もう一度うつ伏せにされて、今度は脚を少し開きぎみにさせられた。

塚原の両手の指十本が内腿の柔らかいところに食い込んだ。

「ふふ、少し濡れたな」

いやっ、言わないでほしかったのに。

莉奈は羞恥して脚をさっと閉じた。

「大丈夫、練習中にもそうなったろう。いいんだ、女の子は気にしなくても。笑ったりしないから」

「いやぁ、今笑ったわ」

「まあ、いいから……」

声に笑いが含まれている。

嫌だけど快感があった。

恥ずかしい声は出せない。溜息が口から少し漏れただけだ。塚原がやめるまで脚はもう閉じることができなかった。

足首から上へ指がすーっと這い上がってきた。

「くぅぅ」

柔軟な身体をくねらせる。

贅肉のたるみなどまったくない太腿。指先が、滑らかな内腿をスルッと脚の付け根まで滑っていった。

レオタードのクロッチは境の横のラインはあるが股布は入っていない。太腿を閉じても手が入り込んでくるので、脚をよじり合わせた。

莉奈の内腿はぽちゃぽちゃして肌はビロードのような手触りである。

指先が鼠蹊《そけい》部に進んできて、莉奈はゾクッと怖気《おぞけ》がふるった。

「あっ、あ、あぅ……い、いやっ……」

戦々恐々として指先で弄《いじ》られる感触を味わう。じっと忍耐して快感を噛み締める。

塚原の邪悪な指は、過敏な恥裂ぎりぎりまで這ってきて、その瀬戸際でゆっくり前後して愛撫してきた。

そういう曖昧で、焦らすやり方はあくまでマッサージなんだという見え透いた口実だった。

エスカレートして性的な愛撫になってくる。愛液の染みを見られていると思い、慌てて隠そうと身体をひねった。

「いいから、じっとして」

莉奈が抵抗すると、脚の付け根を摑まれた。

「股関節がうっ血していないか、こうやって確かめなきゃ」

やっぱり誤魔化すための口実を用意してた。莉奈は閉じていた太腿の間に手を入れられて、本能的に危険を察知し、脚をよじり合わせた。

入れられた手で、ギュッと太腿を摑まれた。

「うあぁ、やめてぇ！」

内腿の柔らかいところに指が食い込むと、感じ方は身体がビクンと跳ねるほどだ。

食い込まされた指先を、少女の鋭敏な感受性で噛み締めた。

痛くても脚はしっかり閉じていたが、そのピタッと閉じ合わせていた太腿を手で強引に広げられてしまった。

「やだぁ、こんなのマッサージじゃないわ！」

「何を言ってるんだ。だから、股関節のうっ血を……」

「いやぁ、うっ血なんかしてないわ」

「こら、だめだ。ま、股のところを……おら、いいから、まかせなさい」

「あうあぁ、やだぁ。そこ、いやーっ」

莉奈が声を荒げたため、さすがに塚原も股関節を弄る手を引っ込めざるをえなかった。

太腿は感じる性感帯でもある。少女の脚を直に摑んで揉むのは性的な行為に近い。しかも恥裂ぎりぎりの股関節の部分である。マッサージは必要だろうが、同時にそれを口実とした卑猥な玩弄の目的もある。

中学に入ったころ細身なのに意外に肉質が柔らかいと塚原に言われた記憶がある。マッサージではなく指導中に脚を摑まれてのことだが、今にして思うとそのときから塚原は怪しかったのかもしれない。

まだ手は太腿の上にある。そして染みが広がったレオタードのクロッチから塚原は眼を離さない。

「うーむ。細長い溝の形が見えてるぞ」

塚原は低い声でじっくりと卑猥な言い方をした。

莉奈は息を呑んでうつ伏せのままちょっと苦しそうに首をひねって塚原を見上げた。じっと股間を覗こうとしている。

「練習のときとは違うね。見た感じだと、女の子の襞々が出てきてる。少し膨らんでるように見えるなあ」

「な、何を言うの？　いやぁ！」

クロッチ表面に形が出ているのはコーチが言うとおり襞に違いない。でも、直接そんなこと言われたくない。思わず大きな声をあげてしまった。

しょ、小陰唇が見えてるのぉ？　だめぇっ、見ないで！

声をあげると同時に心の中で叫んでいた。

莉奈の恥裂はレオタードが愛液で濡れた部分がほぼ透けている。塚原には大陰唇とよれた小陰唇の形状が見えていた。

莉奈はそこに触られることを恐れた。わざと感じさせるマッサージを行なって、はっきりと猥褻な言葉を聞かせてきたのだから。弄られたりしたら抵抗できるだろうか。それは自信がなかった。練習のときも結局大事なところへのタッチを許してしまったのだ。

だが、塚原の手は太腿から恥裂へは伸びてこずに、再びお尻に向かった。尾骨まで指先が滑り降りて、尻たぶを握り指先を尻溝に這わせた。薄い生地だからお尻の穴もわずかに透けて見えている。

塚原は尻溝深く指を侵入させた。

「ひっ、くぅ、あ、ああー」

莉奈は塚原の指をアナルに感じて、思わず括約筋に力が入った。

「左右の大陰唇の膨らみが浮き上がって見えるよ」

お尻にイタズラしつつ恥裂を視野に収めて責めてくる。

「いやん、またそんなこと言う！」

そこは練習のときから開きかけていた。感じさせられていっそう卑猥に口を開け、ピンと張ったクロッチにその形が浮き上がっていた。

顔を上げて不安な眼で見ていると、塚原と眼が合った。

塚原はもうマッサージの口実すら捨てて顔に歪《いびつ》な笑みを浮かべると、人差し指をことさらまっすぐ伸ばして見せて、その指先を莉奈の開いた恥裂に槍で刺すように入れてきた。

「だめぇぇ！」

指が薄いクロッチの生地一枚隔てて、ほぼ膣の位置にぶすりと突き立てられた。柔らかそうな肉溝が押されて凹み、その部分が深くなっている。

莉奈は両肘をマットレスにつき、上体が起きるまで背をのけ反らせて頬に涙を伝えた。

「いやぁあ……いやぁン！」

莉奈は反射的に太腿に力が入って閉じ合わせ、塚原の指を脚の付け根で挟んだ。

塚原はいったん指先を秘穴から離し、指を少し曲げて割れ目の端からズッとアナルのほうへとえぐり上げた。

「アアアーッ！」

指で恥裂を上へ撫でられて、何回か掻き出された。愛液がさらに滲んで濡れたあとが縦に長く伸びてきた。

指先はちょうど肉豆に当たっていた。莉奈は快感の悲鳴をあげそうになってその声を嚙み殺し、腰が反ってお尻が少し浮き上がった。

「これ、クリトリスだってわかるよ」

聞きたくない抵抗のある言葉だった。

その名称は知っている。でも、友だちとの会話でもまず口にすることはない。それをコーチが言うなんて。しかもその敏感な突起を指で弄りながら。

「やめてーっ」

顔をしかめて大きな声をあげた。

塚原は莉奈が抵抗し、もがくと、少し臆したのかクリトリスにはそれ以上触らずにしばらく無言で莉奈を見下ろしていた。

「仰向けになってごらん」

莉奈は身体を起して仰向けになった。うつ伏せより少し楽になった。だが胸と下腹が心配になる。

「恥丘がこんなに盛り上がってるなんて」

「あぁ」

やっぱり恥丘なんて言ってきた。エッチな言葉を堂々と言い、観賞する。そんなコーチなんて嫌い！　もう少しで声をあげそうになった。レオタードが盛り上がったところまで亀裂が入っていることを莉奈はわかっている。

「ちょっと脱いでみようよ」

「い、いやぁ」

「じかに揉んだほうがいいから」

「だめぇ、もう十分マッサージしたわ」

裸はいやっ！　と心のなかで叫び声をあげる。泣きたくなるが、まっすぐで綺麗な脚をしっかり閉じ合わせ、身体全体を固くして耐えている。

「これからもストレッチはやらなくてはいけない。サボってると身体はすぐ固くなるぞ」

塚原の言葉ではっとさせられた。左右の足首を摑まれた。

「さあ！」

と、塚原が脚を開くように促す。

「ああっ」

あっという間だった。莉奈は両脚が水平になるまで開脚させられた。

塚原の眼は、愛液の大きな染みが付いたクロッチを見ている——。

レオタードの股ぐりに指がかかった。

羞恥部分を外に出される！　莉奈は開脚のまま息を呑み、身体を強張《こわば》らせた。

それだけは絶対いやっ……。本当に好きな人にしか見せられない女の子の麗《うるわ》しい泉だから。

だが、指先はすぐそこからそれて、最後の一線は越えなかった。

こんなに恥ずかしいことをされて気持ちの上では本当に嫌なのに、どうしても感じてしまう。莉奈はもう恥裂だけでなく、男を知らない神秘の膣内部まで分泌液でいっぱいなのがわかっている。甘い隠微な芳香が漂いはじめていた。

「タイツだけになるんだ！」

「あぁっ」

はっと息を呑む命令。強い口調で有無を言わせぬ意思を感じた。タイツだけって、上は裸なの？

「手で隠したままでいい」

莉奈の恐れていることを言い当てる。

乳房を手で隠す手ブラだからかまわないという理屈。でも女の子の大事な秘められた部分は完全にシースルー状態になる。片手でバストを、もう一方の手で下を隠せばいいというのか。

「タイツだけなんて……あぁ、見えちゃう」

「大丈夫。見ないから」

「嘘っ、見るわ！」

莉奈は涙眼で塚原を睨む。

「鼠蹊部のリンパのところをマッサージしなきゃ。レオタードのすそが邪魔なんだ」

すぐそんな口実を使って言い含めようとする。でも塚原は一度言い出したら聞かない性格だ。昔から莉奈の言い分は通用しなかった。

「ああー、脱ぐところ見ないでぇ……」

莉奈が情けない声で求めると、塚原は「わかった、わかった」と笑いながら、後ろを向いて見ないふりをした。

莉奈は羞恥に身を揉みながらレオタードを脱いでいく。

タイツのみの半裸となって、右手で下を左手で胸を隠してその場に佇《たたず》む莉奈だ。羞恥する姿をまじまじと見る塚原がそこにいる。莉奈は立っているだけで耐えられなくなった。ましてやまたマットレスに寝て、マッサージと称する玩弄を受けなくてはならないなんて。

莉奈は恐るおそるマットレスの上に横になった。うつ伏せに寝ると胸は隠せるが、お尻は見られたままになる。

「違う。上を向くんだ」

「えっ」

お尻は透け透けの状態を見られても仕方がないと観念していた。なのに、また仰向けになれと言う。そうなると、乳房と前のデルタの部分が晒される。だから立っていたときと同じように上下を手でしっかり隠すしかない。

莉奈は眼をキョロキョロさせて狼狽えながら、両手で上も下も隠して仰向けになった。

「もう隠さなくていいんじゃないのかな?」

「い、いやぁ……」

隠さなくていいって、なぜそんなことが言えるのかわからない。理由がないではないか。

「乳首だけちょっと隠しとけばいいだろう」

「そんな、いやです!」

怒りを感じて両手で上も下もしっかり防御する。乳首だけ恥ずかしくて、下の女の子の部分が恥ずかしくないなんて、ありえない!

「タイツ穿いてるじゃないか」

馬鹿なこと言わないで——。莉奈は口を真一文字にして首を振った。透け透けなのわかってるくせに。

莉奈はまだ胸も恥骨の部分も手で隠している。羞恥で皮膚の底から熱くなって白肌が紅潮してきた。

薄いベール一枚で隔てられているだけなのに、裸ではない、性行為ではないという誤魔化しがある。白々しい建前でやりぬく。塚原は常にそうなのだ。下は手をのけたら繊毛と恥裂が見えてしまうのに。

「ここはリンパの流れをよくするために撫で撫でするよ」

塚原が言ったのは鼠蹊部だった。黙って手を摑み、納得させようとするかのようにゆっくりと隠す手をのけさせた。

「ああー」

莉奈は羞恥から思わず太腿を寄せて脚を交差させ、恥裂が覗けそうなデルタ地帯を少しでも塚原の視線から守ろうとした。

「だめだ。マッサージできないじゃないか」

「い、いやっ」

重ねた脚を元に戻された。強引にやられて、もう脚を閉じることが心理的にできない。

パンティストッキング並みの透け感のタイツで覆われた脚の付け根を、左右同時に両手の指でなぞられた。鼠蹊部の隘路《あいろ》を繰り返しくすぐるように上下に撫でられていく。

「あ、ああー」

ゾクッと鳥肌立つような快感がそこに発生した。

「キュッとすぼまったね」

何を言ってるのだろう。すぐにはわからなかったが、股間を見られて言われている。莉奈はタイツに透ける羞恥の部分を隠そうとして、慌てて腰をひねった。

ねっとりと愛液で濡れて、襞がその形と色合いを極薄のタイツの表面に露呈している。

秘穴も同様に透けて、その複雑な形状を見せてしまう。

「莉奈ちゃんのここは誰のものになるんだろうね？」

「いやぁあっ！」

莉奈の口からかん高い声がほとばしり出た。塚原の指がタイツの最も濡れた部分に食い込んだのだ。

スポッと股間に入った塚原の手を必死の形相で摑んだ。太腿は本能的に閉じられる。柔らかいスベスベした内腿で塚原の手を挟んでいる。

莉奈はたまらず身体を起した。

身体を起しても起き上がるところまではいかずに、塚原に肩を押さえられて、手を摑まれ、そのまましばらく押し問答した。

乳房を目の前で見られてしまい、はたとそれに気づいて手で隠した。結局また仰向けに寝かされることになった。

愛液がさらにレオタードのクロッチに滲んできた。莉奈はこのまま秘部にイタズラされて、そして抱かれるかもしれないと思った。

塚原が顔を莉奈の顔に近づけてきた。

「またキスしたくなっちゃったよ」

「だめぇ、あなたには奥さんがいるわ。それにわたしは子供だから」

「もう大人だよ」

莉奈は嫌悪して顔を背けた。

前に一度塚原に唇を奪われたことがある。ファーストキスだった。三十八歳の塚原は元フィギュアスケーターらしくスラリとした長身で二枚目。嫌いじゃないけれど、年が離れすぎている。そのときは不意にキスされて身をくねらせて逃れた。泣きはしなかったが、胸は早鐘のように鳴っていた。

その後少し気まずくなって塚原も無茶はしなくなったが、練習でセクハラされるようになった。セクハラやきわどいマッサージをされていても、キスは男女交際の経験のない莉奈にとって一大事だった。

うつ伏せなのでキスはやりにくく、首筋に軽くされたが、それだけで身体が縮こまった。

このままだとコーチの言いなりになって、妙な口実なんてつけなくても恥ずかしいイタズラをされてしまいそうだ。見られ、触られて感じさせられていたら、いつか心が折れてしまう。

身体へのタッチや辱めのようなことを人前でも受け入れてしまいそうで恐い。感じさせられることを心のどこかで期待している？　いやっ、そんなことない。違うわ。

開いた脚の間に、またも塚原の手が侵入してきた。

グリグリと肉芽を揉んできた。押されてつぶされた肉芽がトクンと脈打った。

タイツに透けて見えているクリトリスは、すでに充血感をともなって赤いグミの実のように膨張し、包皮からムックリと顔を出していた。

「そ、そこぉ、はうぅ……コーチ、だめぇぇ！　い、いやっ……くはぁあああー
っ！」
口から出る言葉が快感の呻きになった。スレンダーな身体をくねくねよじらせるこ
とで、抵抗とそれが無駄なことを示す身悶えを披露した。
塚原は力が強い中指で、執拗にクリトリスを揉み込んで愛撫した。
「ほらほら、硬くなってコロコロしてきた」
「し、しないでっ……だめぇっ……イッ……クゥッ！」
腰が痙攣して、こらえきれない快感が背筋を走り抜ける。ピンク色でどこか透明感
を感じる肉の真珠が今、快感をスパークさせた。
カクンと身体から一瞬にして力が抜け、小さな顎が上がった。涙で潤んだ瞳を少し
開いて数回静かに瞬きして落ち着いた。無理やりであってもクリトリスの快感には勝
てなかった。
「まだだぞ」
イッたにもかかわらず、塚原はトドメを刺そうとするかのように、クリトリスを指
二本の腹で再び素早くこすりはじめた。
「もうダメだってばぁ！　ああっ、いやーっ！　あぁあうぅぅ……イク、イクゥ、

イクゥーッ!」

莉奈はマットレスに後頭部をつけてブリッジするように背を反らせ、あっという間に二度目の絶頂に達していった。

第三章　おぞましき処女喪失体験

ひどいセクハラに耐えてまで大会で勝つための練習をしなければならない。フィギュアスケートにそんな価値が本当にあるのだろうか。これまでもときどきコーチには身体にイタズラされていたから、莉奈はふと疑問に思うことがあった。

今日の練習でのセクハラとそのあとの控え室でのマッサージにかこつけた性の玩弄はコーチとして言語道断の行いだろう。だが、莉奈はすでに塚原の羞恥のレッスンに馴らされてきて、半ば納得して今日もそんなセクハラまがいの、いやセクハラそのものの卑猥な行為に甘んじていた。そしてそれを今、本当には恥だと思っていない自分がいる。莉奈は妖しい被虐的な思いにかられ、ついふらっと言いなりになってしまいそうで恐かった。

自分のフィギュアスケートにかける情熱は本物なのか？

自問しても答えは出ない。スケートが大好きという気持ちは小さいころからまったく変わっていない。親から受け継いだ美貌や才能は自分でもやはり確かだと自負している。

でも、ママとコーチの関係はどうなってたの？　ペアスケートだけど、でも、それだけなの？

ママははっきりとは教えてくれなかった。でも、わたし……ひょっとしたらと疑うこともある。

悪いことじゃないから、いいの。男と女の関係だったとしても。

コーチはあんなだけど、でも、わたしに本気でフィギュアスケートを教えてくれる。自分の持てる力のすべてを注いで。

もちろん官能振付けって言われてるけど、でも、それでいい。コーチがエッチなつもりでだけやってないことは理解できるから。

ああ、でも、今日のマッサージは……だめぇ、奥さんもいるのに。大人の男の人が、高校生のわたしに、あんなことするなんて。

今週の練習はすべてこのリンクで行われていた。

莉奈の高校が付属する大学のリンクでは、スケートクラブ専属の塚原は莉奈に指導することはできない。このリンクではスケート部の監督が指導を行う。そのとき莉奈は桜子とともに練習しているのだ。

別のスケートクラブに所属の桜子と同じスケート部で練習しなければならないのはあまり気持ちのよいものではない。以前はそれほど意識しなかったが、今度の大会では塚原が言うように完全にライバル関係になっている。

桜子は莉奈にとって強敵だった。運動神経が発達していることのほか、筋力、骨格が強い。瞬発力があり、ノービスのころからジャンプが得意で、高難度6・00のトリプルルッツができる。コンビネーションジャンプは三回転三回転（トリプルトウループの連続）を完成させていた。

それが三回転二回転（トリプルループ＋ダブルトウループ）がようやくできるようになった莉奈が不安に思っているところで、今度の大会での一番のライバルがその桜子だと塚原も言っている。

フィギュアスケートの採点はジャンプ、ステップ、スピンのエレメンツの評価＝トータルエレメンツ（TES）と、スケーティング技術、芸術的要素の評価＝プログラムコンポーネンツ（PCS）の合計点で決まるが、桜子はTESが高く、莉奈は芸術的要素などのPCSが桜子より高い。

氷上の図形に沿って正確に滑るコンパルソリー（かつて競技の種目だった。）を真面目にやっていた莉奈は、エッジワークが桜子より優れているし、十五歳とは思えない大人の表現力を持っている。しかし総得点では桜子が上だった。各種の大会での総合点で桜子に勝ったことは一度しかない。

桜子は十五歳になってからはシニアの大会にも出場していた。シニアは十五歳以上で、ジュニアの十三歳から十八歳と重なる部分がある。シニアは採点で芸術的な表現の幅が大きいので莉奈は有利になるが、ジャンプなどでジュニアより上のエレメンツを求められる。ジャンプにまだ弱いところがある莉奈はジュニアの試合に集中していた。母親はそれが悔しいと言っていた。

五位以内に入ればシニアの全日本選手権に出場できるし、世界選手権も夢ではない。だが桜子はそれどころかオリンピックを目指していると噂されていた。

莉奈はこのままでは桜子に勝てる気がしなかった。

しばらく日が経った。全日本ジュニア選手権が一週間後に迫っている。

この時期になるとこれまでこなしてきたハードな練習もかなりセーブして、当日に最高のコンディションに持っていかなければならない。万一の怪我を警戒するからでもある。

練習のあと、長椅子が置かれた休憩所に行って自動販売機でジュースを買って飲んでいた。そこへ、階段を上がって二階の観覧席へ行っていた塚原が下りてきた。

何か用がありそうで、飲みかけのジュースの缶をテーブルに置いた。

「ちょっと控え室に……」

またマッサージ？ 変なことされたら、今度こそはっきりノーと言おう。莉奈はそう心に決めていた。

疑いながらもついていく。部屋に入って二人きりになった。

マットレスはないから、マッサージはしないのかもしれない。

立っていると、椅子に座らされて、塚原も横に座った。

「明日、遠藤さんに会ってもらう」

塚原は下を向いて莉奈の顔を見ないで言った。ちょっとおかしい。あの審判員に何のために会うのか、わからない。少し不安になる。

「さっきまで上にいたんだけど、もう帰ったようなんだ」

観覧席にいて練習を見ていたのは知っていた。帰ってくれてよかったと、正直そう思った。個人的にはあまり会いたくない人だ。

「遠藤さんは莉奈ちゃんも知っているとおり、技術専門審判員で、採点に大きな役割を担《にな》っているよね」

そのとおりだった。遠藤がジャンプやステップの各エレメンツを判定する重要な役割の審判員だということは莉奈もよく知っている。

「はっきり言おう。判定で有利になるように取りはからってもらう」

「えっ」

莉奈は眼をパチクリさせる。何のことかすぐにはわからない。

「それ、どういうことですか？」

そう聞くしかない。

「遠藤の家に行く。やつの言うことは何でも聞け」

塚原はそう言った。

莉奈はすぐそばに座っている塚原の端正な顔を、何を考えているのか疑念を持ってまじまじと見た。

「気分を害するようなことは絶対だめだ」

莉奈にじっと見られて、一瞬眼をキョロキョロさせたあと、そう付け加えた。

「審判で有利になるなんて、そんなことしてもいいんですか？」

疑問を感じてそう言ったが、真顔で言う塚原に反対できそうにもない。

塚原は叔父の協会長から将来日本のスケート界で地位を得たければ、まず世界に通用する選手を育てろと叱咤されていた。だが、このままでは表現力、容姿、スケーティング技術が上の莉奈もジャンプが得意の桜子に負けてしまう。全日本選手権にも世界選手権にも出場できない。

協会長からのプレッシャーもあった塚原は思い余って、審判員の遠藤に頼んで莉奈に有利な審判をさせようとした。

翌日塚原が愛車のシボレーで迎えに来た。時間どおりだったので、心に迷いが残っていた莉奈はどこか沈鬱な表情で心臓だけドキドキしながら玄関で迎えた。

莉奈は塚原の求めもあってどちらかというとセクシーな服装をしていた。レオタードやコスチュームは別として普段着やフォーマルはあまり派手なものは持っていない。コートの下はミニスカートのドレスだった。水色のさわやかなミニワンピースで、けっこうお気に入りの一着だ。

そんなやや派手な服装だから、教育ママ的なところのある莉奈の母親が少し疑ったが、コーチの塚原がフィギュアスケートの関係者との話し合いだからと誤魔化した。

平気で嘘をつくコーチに対して、莉奈は表情が暗かった。

家の前の細い道に停めていた車に乗せられた。

遠藤に会う目的が不純だから塚原も口が重いようで、ほとんどしゃべらないまま車を発進させた。

しばらく大通りを行くと、小道に迷い込むように入ってなぜかすぐ停車した。

助手席の莉奈が変だなと思っていると、塚原はフロントガラスの外を黙って見ながら、

「パンツを脱ぐんだ」

いきなりそう言った。莉奈は驚いて塚原の顔を見た。なぜショーツを脱がなきゃいけないのかわからない。

「このパンティに穿き替えるんだ」

「あっ……」

上着のポケットから出して膝の上にポンと置かれたのは、妖しい光沢を放つローズのサテンショーツだった。腰にぴっちり食い込みそうなビキニだ。そんなセクシーショーツを用意していたとは。莉奈は唖然とする。

下着を穿き替えさせてあの遠藤のところへ連れていくなんて、どうかしてるわ！

今穿いているのは、ウエストゴムの真ん中にリボンが付いた化繊のショーツだった。

濃い色のイエローグリーンでけっこう派手かもしれない。下着は塚原に指定されていて、コットンのものはほとんど持っていないし、普通の女児ショーツに至っては中学のときから一枚もなかった。

莉奈は多少むずかったが、結局車の中でその表面がつるつるしたサテンのショーツに穿き替えさせられた。

穿いてみて気づいたのは、すそがストレッチになっていて脚の付け根にフィットし、微小なフリルがビッシリ付いていること。そしてパンティの丈がビキニだけあって尻溝の上端がはみ出すぐらい短いこと。

ただ高級品なのか、ビキニでも穿き心地はよかった。少しうっとりしそうだが、なぜこんな下着を穿かなければならないのか。それはだいたい想像がついた。これから会わされる審判員の遠藤の男の欲望に応えるため。そうに違いない。

「勝負パンツだ」

「い、いやっ」

穿いてしまうと、恐れていたことをズバリ言われた。

「審査を有利にするために、あの人にいやらしいことさせる気なの？」

羞恥で顔を赤らめて思いきって聞いた。

「野暮なこと言うな」

何か吐き捨てるように言われた。

そういう言い方で返さないでほしかった。こちらが悪いかのように言う。コーチが悪いのに。

でも、まさか、抱かれるなんてことは？　いやっ、させないわ、そんなこと！

莉奈は言葉はなく黙っている。イタズラされたら、声をあげるわ。泣くかもしれないと気持ちがやや昂《たかぶ》ってきた。

「勝負パンツって言っても、見せるだけでしょ。スカート捲られて……それくらいなら我慢できるわ」

「いいから、何も考えるな」

「わたし、抱かれちゃうの？　そんなことできない！」

「黙ってろ。言うこと聞いてればいいんだ！」

莉奈は怒鳴られて、それ以上何も言えなくなった。

大人が高校生のわたしとセックスしたら、法律に反するはず。それを言ってやめてもらおう。

裸にされるのも絶対いやぁ……。

外の景色を凍える眼差しで見つめながら、最後の一線は守ろうと決心していた。

莉奈の少女の部分は、まだ自分の指さえ入れたことのない敏感なピンクの蕾だった。

やがて遠藤のマンションに着いた。

マンションの前まで来ると、胸の鼓動が早くなり、地に足がつかない心地になってきた。

車を降りて玄関に入った。オートロック式なので、塚原がインターホンで遠藤を呼び出しながらロックを解除させ、エレベーターに乗った。

これからあのエッチな審判員の遠藤に会うと思うとだんだん不安になってくる。今穿いているのはサテンのビキニパンティ。ひょっとしたら、塚原が遠藤に頼まれてそんな下着を穿かせたのかも。ふと想像してしまう。

九階のフロアでエレベーターを降りた。

莉奈は以前から彼の熱い視線を感じていたが、しゃきっとしてれば大丈夫と自分に言い聞かせる。

玄関に出てきた遠藤が首をひょいと伸ばすようにして、塚原の後ろに立っている莉奈を見た。莉奈はちょっと頭を下げたが、愛想笑いまではできなかった。

なかに入り、コートを脱いだ。

リビングのソファに緊張しながら座って、塚原が少し会話するのを聞いていた。その間遠藤の熱い視線を感じつづけていた。

「ちょっと用件がありますので……」

会話に間ができたと思ったら、塚原が急に立ち上がった。

「え？」

どこへ行くのと聞く間もなく、塚原はさっさと部屋から出ていった。莉奈は遠藤と二人きりにさせられた。

ソファに遠藤と向かい合って座っている。じっと見られる緊張感、羞恥心。少女の一種の本能が牡の性衝動を察知して警戒する。

遠藤とはコーチと生徒という関係もなく、塚原よりさらに悪質な恥ずかしい行為をされそうで恐い。

今からでもここから逃げて帰りたいような気分だった。でも後戻りはできない。自分で納得してここに来た。そんな思いがあって、逃げられない。

「昨シーズンはどうしたの。調子が出なかったみたいだね。今季はどうかな」

「はい、頑張ります」

「何とか君を勝たせてあげたいんだけど、ジャンプが弱いのが問題だよね。コンビネーションで、トリプルートリプルは無理だと聞いてるけど」

特に変わったところのないスケートに関するやり取りをする。

「トリプルループーダブルトウループができます」

「ダブルアクセルは？」

「はい、何とかできると思います」

遠藤に求められることは何とかできそうだった。

「ジャンプは転倒さえしなければできる範囲で甘く採点してあげるよ」

莉奈は一瞬遠藤を信じていいのかもしれないと甘い考えを抱いた。

「僕の言うこと聞いてくれるかい？」

「え、ええ……」

莉奈のほうに身を乗り出して聞かれ、ちょっとドギマギさせられた。遠藤の言うことを絶対聞くように塚原に命じられている。それには逆らえない。

「細いけど、ちっとも骨張っていなくて、綺麗だね。まだ高校生なのに、色っぽくて……一年生だっけ？」

言葉を少し溜める感じで、値踏みするように身体に視線を這わせてきた。

「一年です……」

上目遣いに見て、ポッリと。ワンピースはマイクロミニだから、遠藤の視線が注がれている膝の間からサテンショーツのローズ色が見えているかもしれない。ピタリと閉じ合わせた脚を少しでも緩めれば覗けてしまうことだろう。

「中学のときに比べて美人になったよね。ま、もともと可愛いけど」

中学生のころから興味を持って見られていたようだ。特にバストをじっと品定めするように見られた。

中年男性による至近距離からの凝視なんて、一番苦手……。

胸を隠そうとして手が動きかけたが、恥ずかしさから隠せなかった。十五歳の処女の不安感をたたえたキラキラ輝く大きな瞳は、遠藤のような少女嗜好の男には垂涎《すいぜん》ものに違いない。

もう十五歳だから当然ジュニアブラではなく、大人のブラジャーを付けている。肩にかかったストラップやカップの外周が美しく透けていた。下着は塚原に管理されて子供用は禁じられているが、そうでなくても莉奈はもう大人のつもりだった。

「ちょっと立ってごらん」

ソファから立たされた。遠藤もすぐそばに立った。

「身体は柔らかいほうなんだろう？」

横から手が伸びて太腿をさすられた。

「は、はい」

「練習でやってたスパイラル、見せてくれ」

「えっ？」

何を言っているのだろう。スパイラルなんて、ここでできるわけない。だってミニスカートだもん。

だが、遠藤はその場にしゃがんで莉奈の足首を掴むと、脚を強引に引っ張って上げさせた。

「いやぁぁ……そんな……あああっ！」

眼を白黒させてしまう。手でスカートを押さえるが、光沢のある赤いショーツが徐々に見えてくる。

バランスを崩しそうになって片脚でケンケンすると、すぐ遠藤に身体を支えられた。

結局自分でも片脚でバランスを取って立ち、スパイラルの格好をさせられた。

片脚を掴まれて高々と上げたままだ。脚を持ち、もう一方の手でお腹を支えている遠藤からは、サテンのショーツの股間が丸見えになっていることだろう。

（それが目的なのね。いやらしい！）

股間を見下ろす視線を痛いほど感じる。

少女の身体と純情を弄《もてあそ》ぼうという男の邪欲がわかる莉奈である。試合の採点に手心を加えてもらうために、女の子として恥ずかしい行為に耐えなければならない。だが、自分で納得してここへ来たのも事実だ。

「こないだのレオタード、あんなオッパイやお尻の形がわかるの、見てくださいって言ってるようなものだよ」

やっぱりそのことを言ってきた。

「ああ、でも、コーチが……あ、ああー」

パンティの股間を見られながら話をすることがこんなに恥ずかしいなど思ってもみなかった。

「眼のやり場に困っちゃうね。莉奈ちゃんは試合のときも危ないコスチュームだから……」

有利な判定をしてもらう代償に卑猥なことをされる。心に大きな葛藤が生まれた。でも逃げ出したい気持ちを抑えてしまう。次の試合で良い成績が出せないと強化選手から外されるだろう。強化費をもらえないし、将来日本代表として国際試合に出場する道も閉ざされる。

「いやぁ」

スカートはもう大きく捲れて、光沢のあるローズのサテンショーツが完全に露出している。

「高校生にしてはゴージャスな色合いだね」

脚を元に戻して普通に立ったが、
遠藤はスカートを両手で摑んでパンティが丸見えになるまで捲り上げてしまった。

「いやぁぁ！」

お尻を大きく撫で回された。

「やぁあン」

遠藤の手を嫌って、お尻を振った。光沢の美しいパンティが張り付いた柔らかい尻たぶを、ぶる、ぶるっと震わせる。

ヒップ八十三センチという小尻でも、丸くてツンと上がったセクシーなお尻だから蠱惑的に揺れてくる。

何ものにも代えがたい涙眼の乙女の色気。少女の羞恥の美しさ。恥丘に赤い光沢が美しいサテンショーツが密着してセクシーな色気を見せている。腰を引きつつ悩ましげにくねらせ、脚をよじり合わせる。

立たせておいて、自分はソファに座った。莉奈の腰のすぐ上あたりに顔がある。

「おお、土手がやっぱり」

眼の前で莉奈の下腹をまじまじと見ている。

じっと視線を落として見てくる。やっぱり何だと言うのか。膨らんでいるとでも言いたいのか。

手がすっと伸びてきて、恥丘のふくらみを撫でた。

「このツルツルした触り心地がいいなあ」

莉奈は顔をしかめる。腰を引くが、そのモッコリと盛り上がった部分を指でプッシュされた。

指先で凹まされて、ちょっと痛い嫌な刺激を感じた。

「綺麗な楕円だね……」

言いながら、恥丘の輪郭を指で撫でていく。確かに盛り上がりの立体感が美しい。

「あぁ、や、やめてぇ」

ゾクッと怖気《おぞけ》を感じて腰を引いた。恥丘なんて性感帯としては考えたことがないのに、指先でそろりそろりと撫でられて、パンティを通して感じる快感が意外に強い。

腰を摑まれてぐるっと身体を後ろに向かされた。

強引なやり方に屈辱を感じて、ちょっと泣きそうになる。

お尻を無造作に手のひらをいっぱいに広げる感じで撫で回された。塚原よりずっと陰湿なものを感じてまた泣きそうになる。

「いいねえ。お尻が後ろにボンと出て、少女らしくなくて、うーむ、丸く隆起してるねえ」

言い方が陰湿でいやらしい。恥丘を押したようにお尻を指でぐっと押していって、脂肪の弾力を味わい、その指が押し戻される。莉奈は「いやっ」と、身体をひねって横を向くが、またすぐに戻された。

やはり塚原は遠藤にエッチなことをさせる気だったとわかったが、あとの祭り。先輩の梓に言われたことも今、思い出した。審判員とエッチな関係になる子がいると言っていた。

遠藤がソファから立ち上がった。

何をされるのか、不安になる。胸の前を合わせるボタンを上から一つ一つ外されていく。

「ああ、脱がすのぉ？　い、いやぁぁ……」

やっぱり裸にされてしまう。ボタンを外す遠藤の手をちょっと掴むが、抵抗はそこまでだ。ここへ来たときから服を脱がされることを恐れていたのだが。

身体を固くして縮こまるが、ボタンを外してその下のファスナーをウェストまで下ろされた。前が大きく開くワンピースはブラジャーも露出して、そのままストンと落ちていった。

ブラジャーを付けているとはいえ、両手を交差させて胸を隠した。

莉奈は陶然と見る遠藤の眼差しを嫌悪したが、手を摑まれてゆっくりのけさせられた。

乳房全体をすっぽり覆うフルサイズのカップに指がかかった。ワイヤーのない柔らかいカップはずらされるかめくられるかと思ったが、ギュッと鷲摑みにされた。

「あうぁぁ」

顔が接近してくる。嫌がって身体をひねった。

肩を荒っぽく摑まれ、痛さからイヤイヤと身体をゆすったが、強引に長椅子のソファに寝かされた。

上からのしかかられて動けなくなった。

ブラジャーのカップを上へずらされて外されてしまった。

「うあぁ、いやぁーっ」

悲鳴をあげるが、テニスボールのような丸くポコッと飛び出した可憐な乳房が露出した。

また両手で乳房を隠そうとするが、その手を摑まれて胸から引き離された。

「むふふふ」

乳房が半球形に飛び出して乳頭が突起していた。それをこんないやらしい男の目の前で披露させられたら恥ずかしい。

嫌な笑いだ。笑うなんてひどい。涙がポロリと頰を伝って流れた。

莉奈は五年生になって乳房が基底部から円すい形に持ち上がり、六年生で砲弾型に近い半球形に成長した。このころ乳首も大きくなって突き出した。

少女の敏感な乳頭は少しでもサイズが合わないブラジャーをつけると、痛みやときには快感に襲われた。乳房の成長はずっと塚原に観察されてきたような気がする。

コーチならまだいいけど、この審判員はやだぁ！

乳首が先へ飛び出すように尖っている。

「い、いやぁ！」

涙声になる。羞恥に震えるピンク色の蕾はもう隠せない。

遠藤の口が接近した。

「あぁっ……」

身体をひねろうとするが上からのしかかられていては抵抗もままならない。

遠藤のいやらしい口が敏感な乳首に吸い付いた。

「だ、だめぇっ！」

乳首を口に含まれ、ジュッと強く吸われた。

乳首が遠藤の口の中で伸びていく。舌で上顎に押しつけられてねちっこく舐められた。

「いやぁ、や、やめてぇ！　やだぁぁ……」

感じたくない。その思いでまた涙が出そうになる。だが、敏感な乳首はツンと尖ってしまった。

好きでもない男に乳首を吸われて感じてしまい、その羞恥と屈辱を振りきりたい思いで首を左右に振りたくった。だが、遠藤の言うことを聞けという塚原の言葉を思い出す。

「おとなしくしてるんだ。まんざらでもないんだから、ほらこんなに……」

乳首から口を離し、尖りを見せてきた乳頭を指でつまんで少しずつ伸ばす。

「い、いや……もう、いやぁ」

遠藤は立った乳首を見せようとする。感じて尖った自分の乳首なんて見たくない。横を向いて眼をつぶった。

嫌いな男に感じさせられて楽しまれてしまうなんて虫酸《むしず》が走るほど不快だ。だがこのままではそうなってしまう。

「ああう」

もう一方の乳首を口に入れられた。同じように吸われて口のなかで舌で舐められていく。

乳房は握られ感じさせられて、砲弾のように飛び出した形になっている。

嫌なのに感じさせられてしまい、抵抗する力がなくなっていく。それが恐い。

乳首から口が外れた。唾でべとべとにさせられている。

ほっと一息ついた途端、遠藤の舌が襲ってきたのは生白い首筋だった。ネロネロと舐められていく。

「あ、あっ、いやっ、だめっ、やめてぇ！」

身体を強張《こわ》らせ引き攣るような声を漏らす。そんなところを舐められるとは思っていなかった。

乳首もだが、舐められ吸われるという大胆な行為は予想できなかった。せいぜいお尻やバストに触られる程度のことだと思っていただけで、そのときは泣いて許してもらおうという甘い考えでいた。

首から耳へと舌先が這い上がってくる。

「いやぁ……あ、ああああーん！」

耳はいやっ。でも、肩を抱き寄せられて動けない。

手が下腹まで降りるのがわかった。

はうぅ！

危険地帯に触られた。恥裂を指で上下に撫でてくる。

クッ……と声を噛み殺した。パンティの上から指でクリトリスを探り出されてしまった。

「はぁあぁ……あぁあああっ……」

指の爪でくすぐるように敏感な肉突起を弄《いじ》られ、刺激されていく。しかも性感帯だと知らなかった耳に舌先を入れられながら。

遠藤はほとんど小動物をいたぶるように玩弄する陰湿さを発揮してきた。

無理やりでも耳とクリトリスを同時に感じさせられて、どうしても快感から逃れることができなかった。

大陰唇で膨らんだクロッチが愛液でじっとり濡れて、黒い染みになった。

身体を固くして耐えているが、執拗に弄られ愛撫されるうち、徐々に抵抗する気力が萎《な》えてきた。

時間をかけてうなじから耳までネットリ舐め上げた遠藤が、莉奈の顔から少し離れると、

「さて、莉奈ちゃん……最後の一枚だねえ」

思わせぶりにショーツを指で突いた。莉奈と眼を合わせていやらしく微笑む。

「パンティを脱いで全裸になるんだ」

「あぁ……」

莉奈は全裸という言葉にたじろいだ。裸を生々しくイメージしてしまう。

言い方がいやぁ。そういう言い方をしてくる遠藤は本当に嫌いっ。

それに自分ではやらずに、わざとパンティを脱がさせようとする。そのほうが恥ずかしい思いをすると思ってるのだ。

莉奈は強い羞恥心と悔しさから唇を嚙みしめた。

「恥ずかしくないから、脱いでごらん」

またニヤリと笑う。恥ずかしいに決まってるのに反対のことを言う。

女の子をいじめるのが好きな人。いやらしいひどい人！　ああ、こんな人の前で泣きたくない……。

莉奈は大きな二つの瞳に涙をいっぱい溜めて、サテンショーツのゴムに指をかけたまま、その手をしばらく動かせなかった。

パンティを脱がなきゃいけない。そんなこと恥ずかしい。だが、フィギュアスケートで勝つためには仕方がない。これまでの頑張りを無駄にしないためにも。

遠藤が涙ぐむ莉奈の顔を見て「さあ」と急《せ》かした。

莉奈はソファから立たされ前屈みになって、おずおずとショーツを下げていった。

「ほら、もう真っ裸だ」

涙をぐっと呑む。

「うーん、健康体なんだなあ。吹き出物とか全然ない真っ白なお尻だな」

陶然と白桃のようなお尻を眺め、手のひらでゆっくりと撫でる。パンティのゴムが強かったのか、すそゴムが食い込んだあとがギザギザしていた。

遠藤も腰を起こして莉奈のそばに立った。

「さあ、ベッドのところに……ねっ」

囁くように言われた。その声が気持ち悪い。

「い、いやぁ……」

俯いて力なく首を振る。全裸でベッドに寝かされたらどうなるか莉奈もわかっている。

結局身体を固くさせたまま、背中を押されて寝室へ連れていかれた。

お姫様抱っこされて、「やだぁ」とむずかりながら大きなベッドに寝かされた。

遠藤も横向きに寝そべった。肘をついて上半身だけ起こしている。

手で胸と下を隠したが、すぐその手をのけさせられた。丸く隆起した恥丘から下へと視線を這わせて探索された。もう、恥丘まで入った深い縦すじが露《あらわ》になって隠せない。

遠藤が膝で立った。何をされるのか不安になる。

「いやぁっ」

デリケート部分に指の感触が――。人差し指を恥裂にピタリと当てられた。

と、指をゆっくり曲げて恥裂内部にもぐらせようとする。

い、いやぁあっ……なかに入れられちゃう！

視線が凍りつく。大人の男のいやらしいやり方だ。抵抗できないのを見透かして、
性的にいじめる楽しみを味わおうとする。じっと顔の表情をうかがいながら、女の子

の絶対に恥ずかしい神秘の部分に指を入れてきた。

そんなこともうやめて！——心の叫びは声にはならない。

遠藤が足先のほうに移動した。

莉奈はまっすぐ伸ばして閉じ合わせていた脚の足首を摑まれた。

ガバッと無神経に両脚を大きく広げられてしまった。

「いやぁあっ！」

羞恥と怒りの涙眼で遠藤を睨む。

「白い肌のなかで、ここだけピンクの濃い色してるなあ」

遠藤の言うとおりだった。開脚することで恥裂が柳葉状に口を開け、サーモンピンクの粘膜を外気に晒していた。股間はもう閉じることができず、秘部の奥まで見られて恥ずかしさがこみ上げてくる。

不潔感が微塵もない二枚の花びらは刺激で少し充血しているのか、ちょっと厚みを感じる。小さな包皮の中に隠れていたピンクの真珠が今、その秘めた顔を覗かせて出てきた。

あっ、両手でするのぉ？

脚の付け根に左右から手の指を当てられた。またじっと凝視するように莉奈の顔をうかがう。

もうわかってる。何をしたいか……そうやって、今からされることを悟らせようとしている。

刹那の時間が流れたあと、乳白色にちょっとピンク色を混ぜたような美しい莉奈の大陰唇は、両側へクワッと大きく広げられてしまった。

「いやぁああーっ！」

遠藤の目論見《もくろみ》はわかっていたが、天井を睨みながら羞恥の悲鳴が口からほとばしり出た。

露出した瑞々《みずみず》しいピンクの膣粘膜は、十五歳の処女の清純さを誇っていた。だが、愛液が溜まった膣口だけは淫らに光っている。

「おお、処女膜だ……やっぱりまだ一発もやられてないんだな。ぐふふふ」

あからさまに言われ、どす黒く笑われて、虫唾が走った。

膣穴周縁のギザギザした白っぽい襞は、確かに遠藤が言ったとおり処女膜だった。濃桃色の膣口を美しく縁取る白っぽい薄膜である。

「み、見ない……でっ……」

莉奈は声が詰まって震えた。眉を怒らせ、遠藤を嫌悪する。怒りで今にも泣いて崩れてしまいそうになっている。まだ男性経験のない正真正銘の乙女である。暴かれたくない秘部をまじまじと見ながら面白そうに言うあくどさに莉奈は深く傷ついた。

親指と人差し指で恥裂を故意にゆっくりと開いていく。小陰唇を左右に押し広げられ、なかから赤い膣口とその穴の周囲の複雑怪奇な膣襞のギザギザを遠藤の眼に晒された。

「愛液がいっぱい出てるぞ……」

恥裂を指でこじ開けられた莉奈は、羞恥と快感で一瞬強くのけ反って腰が浮揚した。指で開いておいて笑うなんて卑劣だ。涙がこぼれてしまいそうになる。

「これがさっき感じさせてやったクリトリスだ」

「だめぇっ！」

指先でちょんちょんと突つかれた。

「小さな可愛い穴が見えてるぞぉ」

またいやらしい言い方をしてくる。指先をそっと膣穴に当てられた。

「やだぁぁ」

触られたくない。特に陰険な遠藤のようなタイプの大人には。触られた膣穴は刺激ですぼまって口を閉じ、また淫らに開いた。

「このなんだか魚の鱗のような白っぽい膜は……むふふ、やっぱり処女膜だな」

遠藤は眼を見開いて凝視し、涎を垂らさんばかりの好色な顔をして言う。

指先に唾をつけて膣口を円を描くように撫でる。莉奈は敏感に遠藤の指先を感じ取った。

「もう、触らないでぇ！」

「おお、ピラピラしてるぞぉ……」

そんなふうに言いながら処女膜を弄られるなんてつらかった。とにかく故意にいじめるように卑猥な行為をしてくる。死ぬほど嫌なことだ。

「あひぃいっ」

またクリトリスを指でプッシュされた。そこはどんなに我慢しても感じてしまう性感帯のスイッチだ。

ベッドの上で全裸を晒してクリトリスを愛撫されたら、どうしたって喘ぎ声をあげてしまう。指の腹で圧迫しておいて、ねちっこく揉み込まれた。

「ああっ、ひっ……くはぁ！」

快感のあまり、思わず両脚で踏ん張って腰を浮かせた。遠藤が指で莉奈の腰の上昇を追って、クリトリスをグリグリ揉んでくる。

「ほーら、感じてきたな。愛液がどんどん出てきてる」

肉芽中心に秘部を愛撫されて、愛液の溢れを言い立てられると、思春期の少女だから羞恥と快感で抵抗の気持ちが萎えてしまう。腰はもうさきほどからピクピク痙攣を繰り返している。恥裂全体が愛液でねっとりとしていた。快感で乳首も尖ってくる。

「あはうぅうーん！」

官能の声とともにブルッと身体全体が震えた。

一瞬だが軽くイッた。遠藤の手を内腿で挟んで快感を噛みしめたあと、上げていたお尻をすとんと落とした。

息が荒くなるが、恥裂を弄る手は離してもらえない。

身体を強張らせ、快感の声を殺して忍耐していたが、「うふーん」と鼻にかかる声が漏れてしまった。

包皮が剝けてクリトリスが卑猥に露出し、可愛くもいやらしい肉びらが左右に飛び出している。膣は濡れて光り、快感でトクンと脈打った。

弧を描く細い眉をひそめ、口は半開き。小さな顎も上がってしまった。

敏感なクリトリスを弄られつづけ、狂おしいほどの快感が溜まってきた。

「だめぇぇ！」

首を振りたくってその瞬間を拒む。昂りの頂点で何もわからなくなって全身弾けてしまいそうになる。
イ、イク、イクゥ！
その言葉は歯を食いしばって言わなかった。言わないとよけい苦しくなって死にそうだったのに。無言で白眼を剝いて弾けていった。

自分の指で達したことはある。でも男の人にされて絶頂を味わったのは初めてだ。それが好きでもないこんないやらしい男が相手だなんて、傷ついてしまう。

「くうぅぅっ！　い、いやぁぁ……アッ、アッ！　アァアアアアーッ！」

のけ反って、全身が硬直した。

ビクン！　ビクン！　と細く伸びやかな身体が大きくたわんで跳ねた。

「イッたな。よしよし、それでいいんだ。口で嫌がっていても身体がしてしてと言ってる」

莉奈は身体をよじり痙攣させながら恥ずかしい大きな声をあげて、絶頂に達した。強制された快感であっても身体が受け入れて達してしまったら、もう言い訳はできない。遠藤にからかい半分に言われて莉奈は屈辱を感じ、悩み悶える。

荒くなった呼吸が少しおさまった。

ふと顔を上げた。

「あっ……」

膝で立った遠藤の股間のものを見てしまった。太い肉の棍棒が屹立していたのだ。十五歳の莉奈にとって、ビンと勃《た》った肉棒は恐怖の対象になる。男の武器だ。今までそれを挿入されるという現実感を抱いたことはなかった。

遠藤が手でピクンと跳ねる肉棒を持ち、膝で這って迫ってきた。

片手をベッドにつき、前屈みになる。

肉棒が下を向いて接近すると、フィギュアスケーターの命である脚、十五歳のスレンダーな美脚に亀頭が接触した。

「あう、い、いやぁぁ……」

足首より少し上のふくらはぎに近いところに、海綿体のぐにゅっとくる感触がある。生まれて初めて男の肉棒に触れた。

遠藤は莉奈の身体を両手で上から押さえて逃がさないぞという意思を示しながら、勃起そのものをベタッと太腿に押しつけた。さらに腰を前後に動かしてスリスリと内腿までこすりつけてきた。

莉奈は亀頭の感触で怖気がふるって、また涙が溢れた。だが、遠藤はその莉奈の手そんな状態の男のものは見るのも触るのも生まれて初めてだ。

「い、いやぁぁ！」

肉棒が莉奈の手のなかでドクンと脈打って、肉棒全体がさらに硬く勃起した。を取って熱く屹立した肉棒を握らせた。

お、犯されちゃう！

最悪の予想が現実になろうとしている。

「だめっ、高校生のわたしに……し、したら、犯罪だわ！」

鼓動が高鳴りながらも、勇気をふるった。

「何だって？　ば、馬鹿なことを……。納得づくでここに来たくせに」

遠藤も一瞬臆したかに見えた。

「納得なんてしてないわ。もうやめてぇ」

「ここのまま中途半端で終われるか！」

莉奈の懇願に、遠藤は男の欲求として至極当然の言葉を返した。

「裸にして、あぁ、か、感じさせて……に、握らせたから、もういいでしょう？」

今日ここへ来るとき、最後の一線は守ると心に誓っていた。それを羞恥にまみれつつも懸命に訴えた。

遠藤は股を閉じて処女を守ろうと必死になる莉奈に対して、刹那勃起の矛先をそらした。

また膝で這ってくる。今度は莉奈の顔のそばに来た。

「それならちょっと舐めてくれ」

亀頭が目の前に迫った。

海綿体が赤紫色に張っている。

卑猥な形の亀頭が莉奈の愛らしい小さな口をこじ開けて侵入しようとした。

「あぅ、い、いやぁ……」

膨張したその肉塊は柔らかいような硬いような感触だった。口に入れるなんていやっ！　そんなこと想像もしていなかった。涙がポロリと頰を伝った。

だが、亀頭は口内に入り、敏感な唇でそれを挟んだ。

「あぁ、あうう、だめぇ、こ、こんなのぉ……うわぁあぁぁ」

思考が麻痺し、眼は遠藤の剛毛を見るだけだ。その眼差しは虚ろだ。

「舌でぐっと圧迫して……チューッと吸え」

「いやぁン！」

命じられて、一瞬従ってしまった。吸いはしなかったが、舌で肉棒を上顎のほうに押しつけた。

「もっとだ、もっと舐めろ」

頬を摑まれて口から抜けないように持ち、腰を前後動させて抽送した。

莉奈は泣き出しそうな顔をして舌を使い、フェロモン臭を放つ肉棒をネロネロと舐めた。

「先っぽが……おあぁ、い、いい！」

遠藤の声が耳に響くが、それが虫唾が走るほど嫌で、怒りを買うことを恐れながらも、プリッと張った亀頭を口から吐き出した。

遠藤はじっと莉奈を見下ろして、小さな尖った顎をちょっと指でしゃくり、また口に入れようとするかのような素振りを見せた。

莉奈は顔を背けて拒否の意思を表した。

遠藤はどう出るだろうと不安になる。まだ目の前で凶暴な肉棒がピクピク上下動している。

遠藤は莉奈を寝かせて、さっと身を翻《ひるがえ》すように脚のほうに移動した。

そして上からのしかかってきた。

「うああ、だめだってばぁ！」

再び犯されそうになった。フェラチオを拒んだことが裏目に出た。

遠藤は亀頭を膣に押しつけてきた。

好きでもない男のまさに肉の武器が……。

入れられちゃう！　だ、だめぇぇっ！

男との関係で今まで味わったことのない本当の恐怖が襲ってきた。大きな身体でのしかかられては華奢な莉奈は身動きできない。それでも腰を左右にひねる。膣に入りかけていた亀頭がヌルッと横へ滑って外れた。

「入れないから、大丈夫……」

莉奈の拒絶反応が強かったせいか、そういう誤魔化すことを口にした。それは莉奈も勘づいた。

莉奈の処女穴には痛くて肉棒は入りそうにないが、遠藤は邪欲が鬱勃《うつぼつ》と起こり、硬直した肉棒を誇示していよいよ挿入しようとしている。手で持って膣穴に先っぽをしっかり着地させた。

ああっ、また来るぅ！

自分の膣口ではっきりと亀頭の感触と熱を感じた。

固かった処女の秘穴も、クリトリスを愛撫されたことにより熱く濡れて開き、肉棒の挿入を容易にしている。

遠藤が腰をグイと突き出してきた。

「ひぎいぃいぃいぃーっ！」

狭隘《きょうあい》な膣が一気に押し広げられた。

膣括約筋が締まって遠藤の肉棒を受け入れる。

ごつごつした肉棒が膣奥まで嵌り込んでいく。亀頭が子宮に到達し、もう一度軽く腰を前に出すと、亀頭の先のほうだけヌニュッと硬い子宮口に入っていった。

無理やりなのに快感と挿入の衝撃によって、心で拒否してもビラビラした膣襞が凶悪なペニスに吸いついて離さなくなった。

「おうぅ、い、いいぞ……」

膣で反射的にクイッ、クイッと肉棒を締めてしまうのが悲しい。

「い、いやぁぁ。しちゃいやぁーっ！」

泣き叫んでも、もう遅い。

初体験なのに、子宮まで犯されていく。莉奈にとっても女の子の神秘の世界だ。そこを意識することはふだんはまったくない。生理のときだって、ナプキンをあてがうのは表面だけだった。

遠藤が不穏な動きを見せた。

肉棒がぶっすり膣に突き刺さったまま、身体を抱《かか》えられてあっという間にひっくり返された。遠藤はバックで嵌める体位に持っていく。

腹に両手を回され、ぐっと持ち上げられて膝をつかされ、四つん這いにさせられた。楽しむために体位を変えたということが莉奈にもわかった。

「あっ、ああっ……」

華奢な腰を両手で摑まれて、引き攣るような声を漏らした。その勢いでは、莉奈は両肘をベッドについて自ら身体を支えてしまう。

腰に反動をつけて肉棒を直進させた。すると、石のように硬くなった肉棒が膣奥までズニュッと隠微な音を立てて嵌め込まれた。

「はぁあうぅぅぅーっ！」

亀頭が奥の子宮口にめり込み、嗚咽の声をあげた。太い肉棒で満たされた膣を実感する。

肉棒が亀頭から根元まで複雑な穴襞にこすれてグチャグチャと隠微音を立てながら膣を出入りしていく。莉奈は膣筋で遠藤の肉棒を絞り込んでしまう。

「おうぅっ……で、出そうだ！」

遠藤は莉奈の肉襞と締まりがよほど快感だったと見えて、苦悶するような射精の声を吐いた。

莉奈はその声が恐かった。自分の身体のなかに何が出されるのかわかっている。

ドビュビュッ！

過敏な性器の粘膜で熱い射精を感じた。

「ひぃいっ！　い、いやぁぁーっ！」

肉棒がズンと突っ込まれて、熱い濁液が子宮口にビュッとかかるのを感じた。

「それっ……うおおっ……ほらっ……おぐあぁぁっ！」

抽送させるたび、莉奈の瑞々しいサーモンピンクの膣内に、熱い体液が次々に発射された。

「あぁあうあぁぁーっ！　マ、ママァ！」

赤ちゃんができちゃう……と不安になる。だが、肉棒で膣肉を摩擦されながら子宮に射精される刺激で、我慢していた快感をこらえきれなくなった。

「はふぅうーん！」

莉奈は浅ましいような鼻声を響かせてしまった。

わたし、もう、だめぇぇ……。

遠藤の睾丸内の精液をペニスの尿道を通してズビュビュッと射精され、膣と子宮へ一滴残らずレイプ注入された。

すっと意識が遠のいていくのを感じ、やがて何もわからなくなった。

第四章　媚薬による苛烈な掻痒感

　気がつくと、ベッドに一人だけになっていた。莉奈は白いシーツの表面をじっと見つめる。気絶してからどのくらい時間が経《た》ったのかわからない。身体にタオルケットがかけられている。

「あぁぁ……うっ……」

　膣にものが挟まった感じがする。挿入されたときと同じ異物感が残っていた。膣が不快感をともなってポカァと口を開けた感覚があって、当然のことながらその大きさは遠藤のペニスの直径に等しかった。

　ふだん意識しない膣穴のはっきりした位置を、ズキンとくる刺激で悲しいほど確認させられた。

　濡れた感じもまだ続いていて、膣道が粘液でねっとりと満たされている。

遠藤はいないし、お尻にタオルがかけられているが、股を閉じる気にもなれない。膣からどよどよと、汚らわしい粘液が流れ出てくる悪寒を感じる。

ああ、コーチのせいだわ……。

塚原がさっさと外へ出て、遠藤と二人だけの場をお膳立てした。その塚原に対して莉奈は憤《いきどお》りを感じている。自分を犯させても平気なコーチなのだ。そんな先生に教えられていたのだと思うと、悔しいのを通り越して悲しくなってしまう。

朦朧とした暗い鬱的な状態が続いていたが、やがて少しずつ霧が晴れるように回復してきた。

突っ伏していた身体を起こした。

涙がはらはらと頬を伝って流れた。

ドアが少し開いた寝室の外から、遠藤の声が聞こえきた。何を話しているのかわからないが、どうも携帯で塚原に連絡しているらしい。

話が済むと、ドアの隙間から莉奈を覗く遠藤が見えた。

ベッドの上に横座りになっている莉奈は、遠藤と眼が合った。唇を噛んで少し睨み、すぐその眼をそらした。

「莉奈ちゃん、よかったよ……。むふふふ」

「いやっ」

そんなこと言われたくない！　涙眼の、ほとんど不貞腐《ふてくさ》れるような顔になった。

「いいじゃないか。これで、今度の大会では大きな失敗さえなければ、五位入賞間違いなしだから」

にやけて言うその言葉を聞いて、莉奈は腹立たしさを感じるが、内心自分も納得していただけに、自己嫌悪に陥《おちい》りそうだ。悲しくなって手で顔を覆ってシクシク泣き出してしまった。

遠藤がそばに来るのがわかって、少し這って遠ざかろうとした。

「ふふ、こういうことはどんな世界でもときどきあることだよ。芸能界だったら枕営業だらけだし」

肩に手を置かれて言われた。

「触らないで！」

さっきまで快感で満たされていた身体に無造作に触られたら思わぬ刺激を受けてしまう。ブルッと震えて肩をすくめた。

そこへ、塚原が何事もなかったかのように戻ってきた。

「あぁ、コーチ……」

寝室に入ってくると、遠藤がちょっとばつが悪そうに出ていった。

塚原は居間で脱いでいた下着とワンピースを持っていた。

一言も言葉を発しないで莉奈に服を渡した。莉奈はそんな塚原が嫌いになる。恥じらいながらパンティに脚を通し、ワンピースを身に付けると、塚原に背中を押されて脚を引きずるようにして寝室を出た。

遠藤は居間で酒を飲んでいて、塚原と莉奈を見ると、じゃあと一言言っただけだった。塚原も手を上げただけだった。莉奈がコートを着る間、軽く言葉を交わしていたようだが、まもなく二人で外へ出た。

莉奈は朦朧としたまま車の後部座席に寝転がっていた。

行き先は塚原のマンションだった。塚原が家に来いというのを拒まなかった。莉奈はすぐには家へ帰りたくなかった。

塚原の部屋に入るまで、莉奈だけでなく塚原もほとんど無言だった。

塚原は上着を脱いでエアコンの暖房を入れてから、トレーナーを着た。

「インスタントだけど」

と言って、コーヒーカップに瓶の底に溜まったコーヒーの顆粒を入れ、ポットの湯を注いでミルクも入れて莉奈に出した。

莉奈はコーヒーには手をつけずに、向かい合って座った塚原の顔を力なくゆっくり見上げた。

「コーチ、わたし、あの変態に犯されました」

ぽつりと言うと、塚原は「ああ」と、いつものコーチらしくない鬱屈した面持《おも》ちでぼそりと返した。

そのあとまた莉奈は話せなくなったが、塚原も沈黙していた。

変態と言ったことで何か言ってくるかと思ったが、塚原は自分もコーヒーを淹《い》れて、フーッと吹いて啜っていた。何かいい加減な態度に見えてきた。

犯されたと言っても審判のことで莉奈も利益を得る以上半ば合意の面はあるが、今落ちついてきて、ふと後悔の念にかられてきた。

股間に物が挟まったような異物感と膣内のねっとり感はまだ続いている。

腰が甘く痺れ、もう仕方がないという諦めの心理に傾く。莉奈は遠藤の肉棒で処女膜を破られた。そこは簡単には癒えそうにない。

どうして抵抗できずに弄られ犯されてしまったんだろう。大会で勝たせてくれることもあるが、それだけじゃない。虫唾が走るほど嫌な男なのに愛液が溢れてしまい、あの思い出したくもない肉棒をズブズブと身体の奥の奥まで入れられてしまった。快感に翻弄されたことは恥ずかしくても認めるしかない。

口で嫌と言っても身体がしてしてと言ってる。遠藤に犯されたとき、そう言われた。

あの言葉は絶対、いやっ……。

確かに気持ちの上では拒んでいるのに、身体が反応して感じてしまった。初体験で絶頂に達してしまったのだ。

莉奈はまだ十五歳なのに女を蔑《さげす》む言葉で心を蝕《むしば》まれていく。恍惚とした顔になってアクメの嬌声を披露し、愛液を多量に漏らすという悪夢を見た。

大人の女の人のように恥ずかしい声を何度もあげてしまった。莉奈は恥じて悔いているが、女体の快美感というものを自分ではどうすることもできなかった。十五歳という年齢の自分がすでに性的に大人の女の身体になっていることを思い知らされたのである。

莉奈は今になって、深い後悔の念と憤りと悲哀の感情がこみ上げてきた。

「わたし、スケートをやめます！」

思わず立ち上がって叫んでいた。

塚原はテーブルにカップをコトンと音を立てて置き、唖然として莉奈を見上げた。

決意した眼をしている莉奈を見てさすがに慌てたのか、自分も立ち上がった。

嫌がる莉奈の手を握って、

「何を言ってるんだ。莉奈ちゃんは絶対、フィギュアスケートをやめちゃいけないんだ！」

語気を強めて叱った。

「どうしてぇ？」

莉奈は泣きだして塚原の眼を射るように見る。

「僕も莉奈ちゃんも、莉奈ちゃんのママも負けられないんだよ」

「何に負けられないって言うの？」

問い返すと、塚原はしばらく莉奈の充血した眼を見たまま応えなかった。

莉奈の肩をそっと押さえてソファに座らせた。塚原も座った。

「桜子にだよ」

その名前は莉奈も想像していた。特に驚きはしない。でも、今は彼女のことなんかどうでもよかった。

「もういいの。大会には出るけど、五位以内になんて入らなくてもいいわ」

「馬鹿。そんなやる気のないことでどうする。今まで頑張ってきたのは何のためだ」

「コーチが教えてくれたのはレゲエダンスでしょ。お尻振らせて、股開かせて……」

罵《ののし》るように言うと、塚原も憮然として莉奈の顔をただ睨むだけになった。

しばらく沈黙して、ふっと息をついた。

「莉奈ちゃん、君はいろんな意味で勝たなきゃいけないんだ」

「なぜなの？」

塚原はことさら自分を落ち着かせようとするかのように、コーヒーカップを口に運んだ。

「まず、なぜ僕が莉奈ちゃんのコーチなのか……。僕は練習で莉奈ちゃんのお母さんをリフトしたとき体勢が崩れて、お母さんが氷の上に落ちるのを守ろうとして膝に重傷を負ったんだ。その怪我がもとで引退したんだけど、お母さんはそれを自分のせいだと思って、僕に負い目を感じてたんだ。だから莉奈ちゃんをコーチしたいと言う僕に君をまかせたわけさ」

「それはだいたいママから聞いてます」

「もう一つ。なぜ桜子に負けられないかなんだけどね……」

塚原はまたコーヒーを啜って、間を持たせた。

莉奈は塚原の言葉を待った。塚原はテーブルをじっと見ている。

「実は、莉奈ちゃんの親が離婚したのはね、お父さんがよそに子供をつくってたからなんだ」

塚原の言葉で、莉奈は絶句した。

しばらく声が出なかったが、塚原のほうに身を乗り出して顔をしかめ、

「な、何を言ってるの？　よそに子供って……そんなこと、ママから一度も聞いたことないわ」

眉間に皺を寄せ、十五歳の少女と思えないような一種凄艶な顔つきになった。

「隠し子がいたんだ、元カノとの間にね……。その子がね……。その子が、桜子なんだ！」

塚原は莉奈の眼を見上げて言った。

瞬時に、莉奈は目の前が真っ白になった。

桜子がパパの子……馬鹿なこと言わないで！

愕然として口が開いたまま言葉が出ない。

ママが離婚した理由はパパに隠し子がいたから。しかもその子が桜子だったなんて――。

「嘘っ。嘘よ、そんなこと！」

驚愕のあまり莉奈はまた立ち上がって、悲愴な顔で信じない！　と首を振る。

「僕は莉奈ちゃんのママとは男と女の関係だったんだ。セ、セックスをしたんだよ」

「やめてぇ！」

かん高い声をあげて、両手で自分の耳をふさいだ。ママと塚原の関係は以前から想像して恐れていたことだった。

だが、それも信じたくない！

「隠し子のことはそのとき聞いたんだ。いつか言わなきゃいけないと思っていた。世のなかにはいろいろあるんだ。親のことなんだから、全部受け入れるんだ、莉奈ちゃん」

塚原もかなり気が昂っている。

莉奈はまだ手で耳をふさいで現実を受け入れようとしない。塚原は莉奈のそばに立ち、手を摑んで耳から離させた。

「莉奈ちゃん、勝つんだ。離婚の原因になった桜子に負けてもいいのか！」

「あぁぁ、やぁぁぁ、いやぁぁ、やだぁーっ！」

莉奈は両手のこぶしを振り上げて空を叩き、言葉にならない叫び声をあげて、部屋を飛び出そうとした。

だが、塚原に手を摑まれ、引き寄せられて強く抱きしめられた。

ハグされて眼をまともに見られた。顔を近づけてくる。

キスされるとわかって、「いやっ」と顔を背けた。

そのまま唇を重ねられた。莉奈は固く眼をつぶって顔を背ける。

顔を両手で摑まれて唇を奪われた。

「むぐぅ」

息ができないほどの口づけになって唇を割られ、舌を入れられた。ディープキスで翻弄されていく。

しばらく、涙のなかで抱擁と熱い口づけの時が流れた。

乳房を握られた。

こんなときに乳房を揉んでくる。

なぜ？　いやよ……。

莉奈は上体をひねって胸を横に傾けるが、背中に片手を回されてもっと強く抱き寄せられた。

揉まれていく。

「感じてしまえばいい。僕の言うことを聞くんだ、いつだって莉奈ちゃんの味方なんだから」

「いやっ、自分のキャリアを積むことしか考えていないくせに。わたしを遠藤に抱かせたのもそう。コーチなんか嫌い！」

涙声で抗《あらが》う。が、またすぐキスで口をふさがれた。

コーチはこんなときでさえ、スケートの練習のときと同じように、性的な行為で洗脳しようとする。

莉奈は身悶えながら反発する。だが、わかっていても、熱い口づけで脱力するような快感に囚われていく。

そのままソファに倒され、勢いで床に倒れていった。

はたと気がつくように塚原の愛撫を拒否し、身体をくねらせて逃れようとする。

だが、体重で押さえ込まれてしまう。

ねっとりと舌を絡まされて、一瞬ふらっとしてしまう。

その自分にまたはっとなって気づき、「いやぁっ」と、ディープキスの最中に声をあげた。

「莉奈ちゃんのママはね、スケーターの血をまったく引かない夫の隠し子の桜子が自分の娘よりスケートが上手《うま》いことが我慢できないって言ってたよ」

「もう、言わないでぇ」

莉奈は今は母親のそんな思いなど知りたくなかった。何も考えたくない。できたらずっと何も知らずにいたい。

「桜子の母親も自分にあてつけるように娘をスケーターにしたと言ってた」

もういい。そんなこと全日本ジュニア選手権が迫っているとき聞かされても、気持ちが重くなるだけだ。

莉奈は涙をぐっと呑む仕草になって、今聞いたことを忘れたいとただ願った。

乳房は握られたままになっている。

涙を流し、とうとう全身から抵抗する力が抜けてしまった。

「手当てをしよう。服を脱ごうね」

甘い声で囁かれた。

手当てって犯されたことの？　服を脱ぐなんて、もういや……。

莉奈は黙って首を振る。胸のボタンを外そうとする塚原の手を摑んだ。

「じゃあ、服は着たままでいいから、パンティを……」

「だめぇ」

「なかに出されたドロドロを洗い流してしまおう。あの変態が出したのなんか」

莉奈の頰を濡らす涙を指で拭いながら、自分のしたことを棚に上げて言う。莉奈もそんな塚原には腹立たしさを感じるが、今は中出しされた汚らわしい濁液を身体から洗い流したいと思った。

身体を起こされて立つと、戸惑っている間にスカートのなかに手を入れられて、さっとパンティを引き下ろされてしまった。

もう悲鳴もあげることなく伏目がちになって、自分から片脚ずつ上げて、塚原にさっさとパンティを取られてしまった。

莉奈はバスルームに入れられた。

塚原が何か小さな箱を持ってきた。箱を開けて丸い形の容器を出した。

「ビ、ビデでするのぉ？」

それは膣洗浄ができる携帯用のビデだった。

「ここにお尻を乗せて、脚を開いてごらん」

浴槽のへりに座らせて、塚原がビデで洗浄液を注入しようとする。

「あぁ、自分でするぅ」

「だめだ。こうなったのは僕のせいだから、手当てはちゃんと責任持ってしてあげる」

「いやぁ。そんなこと言って、いやらしいことするのが目的だわ」

犯されて体内に射精されたあとなのに、妙な口実を使って貪《むさぼ》ろうとする。その本質は、莉奈の未熟な性感帯を弄りぬき、犯し、中出ししてイカせた遠藤に劣らない嗜虐性だった。

また犯される。今度はビデの長いノズルで……。

そう思うのは、莉奈にとって決して大袈裟ではない自然な感情だった。

あぁ、だって、審判員はお、おチ×ポを入れて射精してきた。今度は、コーチがノズルを入れて、洗浄液をビューッて射精みたいに入れるんだもん。

塚原が莉奈の膝小僧を持って脚を開かせようとする。

「莉奈ちゃんにどうしても勝たせてやりたい。本気だよ。美とエロスの妖精になってほしいんだ」

「いやっ……美はわかるけど、エロスはよけいだわ」

いつだって塚原はコーチとして理屈を言ってくる。こんなときにエロスの妖精なんてやめて。でも、もうこれ以上文句を言う気力もない。

「さあ」

塚原が膝を左右に開くように押して、開脚を促した。

莉奈は眼をつぶって、開脚していく。

男の肉棒で犯されたばかりの乙女の蕾を晒す。秘穴表面は傷を負って痛々しい。直接見なくても、莉奈にだって想像はできる。

神秘的な女の子のお肉の世界は今どうなってるの？

赤ちゃんができちゃうほど奥の奥へと、いっぱいドロドロした熱いのを種付けされた。

い、いやぁぁぁ！

声にならないトラウマの悩乱が莉奈の十五歳の生殖器を萌えさせた。

「ひいぃ」

がっちり摑まれた左右の膝は今、互いが遠くに離れていた。

「はい、九十度くらいに広げたよ。ほんとはもっと開いたほうがいいけど、丸見えにさせるのが目的じゃないから、このくらいで……」

もうそんなふうに言わなくてもいい。遠藤に荒らされたわたしの赤くてヌルッとしたところが見えているはず。

今、コーチを受け入れる気になってきてるの。

だから、言わないで。練習のときの口実、独特の理論に似たエッチないじめを正当化する大人の嘘を。

ビデなんてものを男の人が買って持ってる。奥さんのいる家とは別のマンションの部屋に隠して持っている。それだけでスケベだってこと。

犯された悲しみと秘部の開陳の羞恥が混ざり合って、また涙が頰を伝った。

「いやぁン」

プラスチックのノズルが膣に音もなく入ってきた。

気が抜けていくような快感を感じた。苦痛ではないし、胎内の穢れを洗い流してほしい依存心もある。だが、コーチの男の欲望も如実《にょじつ》に感じる。

あっ、あぁぁ、は、入るぅぅ……。

ゆっくりと膣内に挿入されていく。

ノズルの太くなったところまで入って、一気にビューッと液を注入された。

「あうぅぅうーん」

莉奈は液の冷たさを眼を閉じて味わった。ノズルを深く挿入したため、膣奥の子宮にほぼ直接溶液がかかってきて、その快感で口がカクカクと開いたり閉じたりしてしまった。

塚原はまるで面白がってやるかのように、何度もビデの容器を握りつぶして、中出しされていた精液と愛液が混ざった粘液をどよどよと濃桃色の口を開けた膣から排泄させた。

「ほーら、出てきた」

「はうぅ、あーう、いやぁ」

首を振って、その羞恥を振りきろうとする。手当てだなんて言って、やっぱりいやらしい目的で膣洗浄してきた。

「僕のせいだね。でも、これを乗り越えていこう。終わったことは仕方ないんだからさ」

「いやぁぁ！」

塚原の言葉で莉奈は怒りと屈辱の混ざった悲鳴をあげた。自分のせいだなんて口で言うのは簡単だ。じゃあどう責任取るというのだろう。乗り越えていこうというのも、結局自分も審判に手心を加えてもらうことを期待していたのだから、一種同罪だろうという意味が言外に含まれているような気がする。

莉奈はさまざまな思いが交錯して、塚原の胸を手で思いきり押していた。

塚原は後ろによろけてちょっと顔を怒りでしかめたが、どこか内心忸怩《じくじ》たるところもあったのか、身体を起すと少し苦笑いをしてみせた。

「さあ、消毒するよ」

塚原はビデのほかにコンパクトなスプレー式の消毒液を持っていた。

「もう、ビデで洗ったから、消毒なんていいわ」

今度は本当に拒みたかった。消毒は沁みるはず。必要なのかもしれないが、それもひょっとしたらエッチないじめの要素がありそうな気がする。

「あーっ、引っ張るのはやだぁ！」

小陰唇を指でつまんで引っ張り、三角形になるまで横に伸ばされた。

やっぱりそういうことをしてくる。どんなことでも口実を使ってできると思ってる。

塚原はスプレーの小さな噴射口をじっと莉奈の赤い膣に向け、狙いをつける。上部を人差し指に力を入れて押した。

シュッと、赤く腫れた膣肉に噴きかけた。

「あいぃっ！」

液はジワリと膣口に沁みた。傷を負っていたのか、とにかくヒリヒリする。

もう一方の小陰唇も引っ張ってピンと伸びきると、また噴霧した。

「アアアーッ！」

莉奈は頭のてっぺんに響くような悲鳴をあげてしまった。薬はまた膣口にひどく沁みてきた。

「沁みちゃったかな？　膣が愛液でヌラヌラだから、拭いてから軟膏を塗らなきゃ」

「もう、いじめるのはやめてぇ。軟膏なんて……し、しないでぇ……」

声は消えるように小さくなっていく。脚は閉じたものの、断固拒むようなことはできなかった。

頭の中はさっきまで桜子が自分の異母姉妹であることと、自分の母親が塚原と肉体関係があったことでいっぱいだったが、今は膣内の洗浄と消毒による疼痛でいっぺんに気持ちが飛んでしまい、抵抗する気力が萎えてしまった。

「いじめるなんて、違うよ……」

莉奈は塚原に手を取られて寝室に連れていかれた。もうベッドのある部屋へは入りたくなかったが、タオルで股間を拭かれてベッドに座らされた。

「やっぱり上も脱いでみようよ」

「いやぁ……」

服を脱がされ、ブラジャーも外された。

莉奈はすでに抵抗する気力はなく、口で拒否するだけになっていた。

「ピンク色だね。吸われたの？」

「いやぁ、言わないでぇ……ああっ」

乳首にキスされた。口にしっかり含まれて、その敏感な乳首をチュッと吸われていく。

「あ、あぁぁ、だ、だめぇぇ」

舌と上顎で乳首を押さえられて、キュンと感じる。

舌で少しずつ転がすように舐められていく。

乳房を握りつぶされて、もう一方の乳首も突出した。ペロペロと舐め転がされた。

「い、いやぁぁ……コーチ、や、め、てぇ！」

何の必要性があって乳首を舐めるの？　もう理由なんかない。意地悪く玩弄されて感じさせられ、しゃぶられていく。すごく感じてまた抵抗できなくなってイカされそうになる。

快感で言うことを聞かせようとする。そんなところはあの陰険でいやらしい遠藤とまったく同じだ。

乳首はツンと尖ってきた。乳首を存分に吸ってピンと立ててしまうと、塚原はベッドサイドの棚の引き出しから軟膏のチューブを出して、莉奈をベッドの真ん中に来させ、脚を開くように手で太腿を押して促した。

軟膏なの？　何の軟膏？

ビデ、消毒と来て最後は軟膏。最初から手順を考えて準備してたのだ。女の子の大事なところに指でヌルヌル塗って触る気なのだろう……。

莉奈は恥じらって開脚しなかったが、塚原に胸を押されて寝かされ、左右の太腿を摑まれて少しずつ広げられた。

莉奈は羞恥から脚もちょっと閉じ気味にしたが、「こら」と叱られて、また開脚させられた。

塚原は莉奈の開いた脚の間に胡坐をかいて座った。

「消毒したから、もう十分だわ」

莉奈は言うが、塚原はもう軟膏を指にたっぷり取っていた。

「これはよく効くから」

膣口を中心に膣前庭というサーモンピンクの狭い一帯にこってりと塗り込められていく。

「あっ、あぁぁ、だめぇぇ、も、もういいです……」

ネチョネチョと音を立てて指で塗られる独特の快感。それは遠藤に玩弄された屈辱感とは異なる羞恥と快感をもたらした。嫌悪感を抱かせない愛撫に近いものだった。

膣全体に塗られ、もう終わったと思った。だが、塚原は内腿をグイグイ押してさらに股間を大きく開放させていった。

「あう、こんなに脚を開く必要ないわ。さっき丸見えにさせるつもりはないって」

薬を塗るのには不必要な開脚だ。もう水平に近い開き方になっている。

脚を摑まれて閉じられないから、手を下に伸ばしてせめて恥裂や繊毛の美しい恥丘だけでも覆って隠した。

「まだだ。表面しか塗ってない」

「えっ、表面って……」

いやぁ、膣のなかまで塗るのぉ？口に出して問うことは恥ずかしすぎて聞けないが、塚原の顔を見て眉間に皺を寄せ、イヤイヤと首を振ることで伝えようとした。

塚原はまたさきほどやったように小陰唇をつまんで広げ、その裏側と見えてきた膣壁の部分に軟膏を塗り込めた。

「あぁぁっ……か、感じるぅ！」

とうとう快感があることを吐露して、眼を細めて瞬きしながら塚原にやめてほしいような、観念しているような曖昧な表情を見せた。

消毒スプレーのときのような沁みる痛みはない。軟膏の塗布はそれほど嫌じゃなかった。でも、それをスケベなコーチに正直に言う必要なんてない。

膣の上に露呈していた卑猥な包皮を指で押しめくられ、くるっと反転させられた。

「ひぃっ、そこは……もう、あの人に！」

包皮は弱いの……なかからキュンと感じる肉の芽が出てくるから。

クリトリスという言葉は男の人に言えない。

「遠藤にやられたか、たっぷりと……。ふふふ、ここにも塗ってやる」

「あはぁっ」

包皮のなかに隠れていた肉の真珠が顔を出してきた。それを莉奈は恐れていた。

長くコーチをしてきた塚原もまだ挿入したことがない莉奈のピンクの秘穴をすでに遠藤は男の武器で味わい尽くしている。

恥丘の下が割れ込んで、そこに秘められた肉襞の世界が待ち構える。ハの字に突出しているのは充血して濃く色づいた小陰唇だ。

羞恥の襞びらを隠す大陰唇は、開脚によって平たく伸びている。

「クリトリスが膨らんでるよ。こんなに大きく赤くなって……。遠藤に弄くり回されたんだね」

「いやっ！」

軟膏を塗るのなら、そんなことは言わなくてもいいはず。莉奈は眉を歪めて塚原をキッと睨む。

だが、指の腹でクリトリスを強く押された。遠藤のときと同じだ。

「な、何をする気ぃ？」

「だから、ここに薬を塗って……」

「そんなとこ、塗らなくてもいいわ！」

ゆっくり円を描いてクリトリスを小さく首を振るように動かした。

「やぁン、そこはやめてぇ！」

遠藤のときと同様、抵抗できなくなるほど深くつらく感じてしまう。腰が自然に反って痙攣するように動き出すことが莉奈でも予想できた。自分の身体がコントロール不能に陥るのが恐い。

「こんな赤っぽい鶏のとさかみたいなのと、皮からぴょこんと出たクリトリスを見たら、あの遠藤でなくても興奮するな」

ああ、何を言いたいの？　薬を塗ると言って、恥ずかしいことばかり言って。

莉奈からは見えない秘部をコーチが弄る。もはやあの陰険な遠藤と同じだ。

「女の子はどんなに可愛い顔してても、ここはすごいからね。莉奈ちゃんみたいな美少女でも」

「やめてぇ」

股間を覗き込む塚原の頭を手で思いきり押した。

塚原はそのくらいではへこたれず、クリトリスを押さえていた指を素早く細かく動かしはじめた。確かに軟膏を塗り込める行為にも見えはするが、いやらしく摩擦していく。

「だ、だめぇぇ！」

クリトリスは有無を言わせず指でこねられて、ピクッ、ピクッと脈打つまで快感をつむぎ出されていく。

同時に、膣口が愛液の分泌で熱く濡れてくる。遠藤の肉棒で貫通させられた秘穴へ、人差し指を回しながら挿入された。

「そこっ……いや、いやぁあっ！」

「な、なかにも、薬を塗らなきゃ」

クリトリスで感じさせられ、同時に膣をもえぐられる。

ああン！　どうして、ク、クリトリスと膣を！

莉奈は頭のなかでクリトリスと叫んでいた。膣も口に出しては言わない言葉だ。

膣とクリトリス同時に軟膏を塗る理由などない。感じるポイントを同時に責めてのけ反らせるためなのだから。

二カ所の快感がつながって、身体がひん曲がるほど快感が昂っていく。

人差し指をほぼ完全に根元まで挿入されてしまった。

「莉奈ちゃん、僕の指を今、ギュッと締めてきたね」

「はうぅっ！」

い、入れられちゃったわ。だめぇぇ……。

莉奈は自分の意志とは関係なく、入れられた指に襞を絡めて、塚原が言うように膣筋で絞り込んでしまった。

犯されたあとでもそんなふうに弄られたら、どうしたってそこは締まってくる。

「まだ、締めつづけてるよ。すごいんだねぇ」

無言で首を振る。反射的にキュッ、キュッと塚原の指を締めているのはわかっている。でも認めたくない。大きな瞳が涙で潤んできた。

塚原にまるで膣が締まる自分が悪いように言われて、屈辱と快感を味わい、遠藤のとき以上に涙と愛液が同時に溢れてしまいそうになっている。

だが、二分と経たないうち、塚原の指が膣からヌルリと抜かれた。

抜かれる快感が身体を走り抜けたその刹那、

「あはぁあン！」

塚原の指は、莉奈のもう一つの穴にねじり込まれていた。

「ここも遠藤にやられたんだろ？」

「そこは……されてません！」

「じゃあ、今からやられちゃえ」

「うわぁぁ、マ、ママァ……」

塚原はチューブがぺちゃんこになるまで多量に軟膏を出して、膣と言わずアナルと言わず、あらゆる性感帯のポイントに繰り返しこってりと塗り込めていった。

ああーっ、か、感じるぅ！

莉奈は次第に膣口や膣内が熱く感じはじめた。

今まで感じたことのない快感だった。ジワリと深く沁み込む快感。指が入ってくると、その挿入感と摩擦でさらに膣全体がカッと燃えて、快感が昂ってくる。

クリトリスもトクン、トクンと根っこから脈打ちはじめた。そこには触られていないのに、強い痒みをともなう快感に襲われていた。

「ああー、その薬おかしいわ。な、何？　何の薬なのぉ？」

莉奈は性器を感じさせる薬なのではないかと疑った。そういう薬の知識はなかったが、異常なほど膣が快感に支配されてきたからだ。

塚原は口元を笑みで歪めて応えない。何か隠していることはわかる。

「いやっ、離してぇ。いやらしい薬を塗ったのね？」

軟膏のせいに決まってると、莉奈は塚原のにやけた顔を見て腹立たしくなる。

白い裸体をくねらせて腰を横になるまでひねり、脚を閉じた。

もういやぁ、遠藤も使わなかった薬を騙して塗って、辱める。感じさせて面白がる性のいじめ。そんなコーチは嫌いだった。

莉奈は手で自分の秘穴に触れた。そこは熱を持って濡れている。嘆くような泣きだす顔になって快感をこらえた。

塚原が莉奈の華奢な身体を抱きかかえた。

「味わってごらん、悪いものじゃないから」

「いやよ！　女の子を感じさせて恥ずかしい目にあわせる薬なんでしょ」

「媚薬っていう薬さ。膣とクリトリスと、それからお尻の穴にも塗ったから、さあ大変。ふふふ、感じまくってイケばいいじゃないか」

「やだぁ、お風呂で洗ってぇ！」

「ハハ。感じさせてやるから、イキまくったあとでお風呂に入ればいい」

「だめぇぇ！」

莉奈は今度は本気でだめと叫んだ。イキまくるということが大げさではなく、このままだと女の子の恥ずかしいすべてのお肉を曝《さら》け出して、泣き悶えることになる。

「自分の指でしてごらん。見ててあげるから」

「やだぁぁ、恥ずかしいからできないもん」

「いいから、恥ずかしいのが感じるんだ。これがいい経験になって、フィギュアスケートのマゾっぽい表現も上達するんだ」

「そ、そんな表現なんて、スケートじゃないわ」

抗おうとする莉奈は塚原に手を摑まれた。

その手をすでに熱く濡れていた恥裂まで持っていかれた。

嫌がって手に力を入れて引くが、それ以上の力で引っ張られて、暗い穴を開いていた膣からピンクの肉芽まで強引に指でオナニーを強要された。

「やぁーん、いやぁ、させないでぇ。だめぇぇ」

まさか、自分の手でクリトリスを摩擦させられるとは思っていなかった。遠藤に見せてしまった絶頂を今度はコーチの前で演じてしまう。

しばらく塚原によって無理やりクリトリスを弄られたが、それだけでイクところまでは持っていけるはずはなく、まもなく莉奈の手は離された。

塚原はすぐ自分の指で再びクリトリスを中心に、指の腹で素早くこすりはじめた。

莉奈は手に拳をつくり、口を真一文字に閉じてピンクの蕾に襲ってくる快美感と戦った。

だが、媚薬がついに最も効果を表すときが訪れたらしい。塚原の手が疲れて指の動きが緩慢になったにもかかわらず、快感が急激に研ぎ澄まされてきた。

「はあぅ、か、感じちゃう……だめぇぇ！」

痒みをともなう極めて強い快感が、莉奈のクリトリスから膣、アナルまで性器全体に襲いかかった。

「深町莉奈、跳ぶんだ。のけ反って、イケ！」

フィギュアスケートになぞらえている。

刹那スケートリンクが脳裏に浮上した。セクシーな演技のイメージと重なって、最高の快感に見舞われそうだ。

恥ずかしくてもかまわない。もうどうなってもいい……。莉奈は快感に負けてしまった。

「イ、イクッ、イク、イクイクゥーッ！」

口にしてはいけないとわかっているのに、その卑猥な言葉を羞恥心をかなぐり捨てて叫んでいた。

第五章　恥辱の女子ジュニア選手権

　莉奈は誰にも言えない処女喪失の痛みを数日間引きずった。

　遠藤にされたことはもちろん、桜子のこと、塚原とのこと、そして塚原と母親との関係。莉奈はまだ一言も母親に話していない。いや、これからもずっと話すことはないだろう。

　自慢の母親は年齢よりずっと若く見える。今日は仕事に出る日で、かっちりしたスーツを着ている。

　莉奈の母親は一見キャリアウーマンのようにも見える。はっきりした顔立ちの美人で、プロポーションがよくバストが豊満。柔らかい生地のタイトスカートにまるでガードルで整えているかのようなヒップラインが浮かんでいる。ウェストのくびれも悩ましい。

仕事を持っているからか、しゃきっとした顔立ちで少しきつめに見えるかもしれない。実際は誰にでも優しいのだが。

プロポーションのよさは折り紙つきで、莉奈はその遺伝子をスケートの技術など運動神経とともに受け継いでいる。

スカートの表面にムッチリしたお尻の丸みを見せているが、その左右に張り出した臀部の重量感は、やがて莉奈の丸々としたお尻もそのように成長することを暗示しているかのようだ。莉奈は母親似だった。

自慢の美しい母親を見ていると、莉奈はすんでのところで、助けを求めるように隠している秘密が口を突いて出てしまいそうになる。

感情にまかせて後先考えずにしゃべってしまう子ではないから、何とか忍耐して冷静さを保った。

桜子とは腹違いの姉妹だったなんて莉奈にとって驚天動地のことだが、少しずつ落ちついてきた。これまで支えてくれた母親の気持ちも考えると、自分の娘が因縁のある桜子に負けないでほしいと願うことも理解できる。スケートをやめると塚原に口走った莉奈も、結局桜子に負けたくないという思いを日一日と強くしていった。運命のようなものを受け入れて間近に迫った全日本ジュニア選手権で勝つ決意をした。

ただ、莉奈は学校のリンクで滑る桜子を見て、異母姉妹の関係だということが気になって仕方がなかった。彼女はそれを知っているのだろうか。思いきってそのことについて話しかけようとしたが、結局できなかった。

同じスケート部だがクラスが違い、あまり付き合いもなくて、個人的に嫌いというわけでもなかった。真実を知った今もなぜか嫌いにはなれなかった。ショックが大きく、かえって嫌悪感は湧かなかった。

桜子の母親は離婚した莉奈の父親ではなく、別の男性と結婚していた。その人は自分と桜子をほったらかしにしていたパパをもう愛することができなくなっていたのかもしれない。莉奈はそんな想像もした。莉奈は物心ついてから父親とはまったく会っていないので、何かにつけて想像するしかなかった。

莉奈は練習をこなしていくうち、心と身体の傷も癒えるというところまではいかないまでも、ほぼ試合のことだけに集中できるようになっていった。

そして、全日本ジュニア選手権開催の日を迎えた。

競技会場のリンクの観覧席は二階と三階にあり、フィギュアスケートブームのためか大勢の観客で埋まっている。冬季のスケートリンクにもかかわらず、またジュニアの大会にかかわらず熱気を感じる。

桜子の母親は莉奈もその顔を知っている。大会では莉奈の母親もそうだが、必ず客席に姿を見せていた。今日は二階の席に夫と思われる男性と二人で来ていた。

桜子はライバルだからその母親の存在も気にはなっていたが、今日ほど意識したことはこれまでなかった。試合前の練習で滑っている桜子に座席から少し身を乗り出して手を振っていたが、桜子の秘密を知ってしまった今、その母親を見ると複雑な思いになる。

あの人がパパが過去に愛した女の人。そして子供を生ませた。それがあの桜子なんだ。そう思うと、過酷な運命のようなものを感じざるをえない。

そんななかで、唯一ほっと安堵する気持ちになれる瞬間があるとすれば、同じ二階の席に来ている自分の母親の姿を見たときだった。桜子の母親とはかなり離れたところに座っている。国内外の大会に出場するような上位の選手の親は互いにライバル心があり、あまり交流はない。特に桜子が夫の隠し子だったなどという因縁があればなおさらである。

眼が合うと、母親はすぐ手を振ってくれた。莉奈は遠くからでもわかるようにしっかり笑顔をつくって頷いてみせた。

莉奈のここ一番の大舞台でのコスチュームはセクシーな黒だった。背中は大きく開いて、莉奈の十五歳とも思えないノーブルな美しい背中を披露し、強調している。全体に赤いフリルが付いて、同年齢のスケーターにはないエレガントなレオタードである。腰周りの短いスカートのヒラヒラは多少ジャンプに邪魔になるが、塚原は大人っぽい耽美なコスチュームにこだわった。レオタードだけではなく、濃いメイクを施された莉奈は大人の色気を感じさせていた。

あぁ、バストトップが……。お尻の形も出ちゃってる。セクシーすぎるわ。

莉奈が恥じらうのも無理はない。乳首の形が表面にうっすらと浮かび上がっていたのだ。生地の薄さは前に練習のとき着せられた紫のシースルーレオタードに近い。黒は身体の凹凸がわかりにくい面があり、胸にはイミテーションの微小な宝石が散りばめられてカムフラージュされているが、乳首が左右とも浮いて見えていた。伸縮自在なスパンデックスの生地が密着して、ゴム毬のようなヒップの肉感までよくわかる。

だめぇ、滑ってるうち、絶対お尻に食い込んじゃう！

フィット感の高いレオタードである。過去にも経験していたが、身体の激しい動きで尻溝にだんだん挟まっていくことが予想された。そうなったとき莉奈のまん丸いッンと上がったお尻の半分以上は大観衆の前で露《あらわ》になる。

ただ、レオタード表面に出る乳首の形については、着せる側は黒だからという理由だけで一種言い訳をするように問題ないかのように解釈しようとしている。黒だから乳首の形は影と同じで見えても見えていないのだという言い逃れがあるのだ。尻溝に生地が食い込んだとき現れる尻たぶの丸みも同様に、黒イコール影というように。

一方、莉奈には黒は似合わない。あるいは不利になるという評価もあった。黒は身体を小さく、細く見せてしまうからで、もっとがっちりした体格やムッチリと肉付きがいい選手なら細く見せることで効果があるが、スレンダーな体型の莉奈には不向きだというのだ。

だが、それも当然考えたうえでのことで、塚原は黒のセクシーさと極薄スパンデックスの利点を容《い》れて採用していた。今穿いているレオタードの場合、黒以外の色はバストとヒップの形があまりにもあからさまになるので使えなかった。

六分間の練習も終わりに近づいた。桜子が横目で莉奈を一瞥して、そばを滑走していく。

彼女のコスチュームもまるで莉奈に負けまいとするかのように赤やピンク、黄色の派手な花柄だった。成長期の身体にぴったりフィットして、可愛い貧乳の形が露だった。桜子も高一の少女なりにととのったボディラインを持っている。

莉奈だけではなく、氷上ではレオタードを着た十三歳から十八歳までの少女たちが身体のふくらみや窪みのすべてを赤裸々に見せて演技する。

薄い生地一枚隔てただけの少女の身体を全国の人に見せてしまうのだから、考えようによってはエロチックなショーに匹敵するかもしれない。異常なほど脚を上げて股間を完全に開くところを見られ、映像に残される。

フィギュアスケートでは——バレエや新体操でもそうだが——肉体で芸術的なことを表現するとき、肌に密着したコスチュームでなければ表現できないことがある。本来は決して大衆が求めるセクシーさを出すのが目的ではないが、大観衆の前でフィギュアスケートという口実のもとに少女が薄物一枚下は裸という格好を晒しつづけるエロスは深い。

いよいよショートプログラムが始まった。

緊張のなかで順番を待った。

遠藤の審判で有利になっても勝てるとは限らない。まさか騙されていて良い評価を入れてくれないなどということは塚原が頼んでいるのだからないだろうが、それでも今は邪念を払って、ふだんの実力を出すことだけに専念しようと思った。気持ちを落ちつけて試合に臨むのが一番だと。

遠藤に犯されはしたけれど、終わったことをくよくよしても始まらない。これまで死に物狂いで頑張ってきたことを無にしないためにも、有能なコーチの言うとおりに練習してきた成果を見せるしかない。その時が今、やってきた。

自分の名前がアナウンスされ、笑顔でリンクへ滑走していく。

観客の声援なのか、ざわめきのような声を感じる。やっぱりコスチュームのせいなのか？

「こんなレオタード着る人、どこ探したってわたし一人。でも、それでいいの。マ、マゾヒスティックにやっちゃう！」

リンク中央で身体を両手で抱くポーズを取り、音楽を待つ。

サックスの大人びた曲に乗って、熟れた女のように腰をくねらせはじめた。

柔らかい身体を利用して上体を反らせる。まるで快感に悶えているかのようだ。事実そう見えるように振付けをしているのだ。

ストレッチ素材が身体に密着して張り付く感じで、身体の起伏、凹凸があからさまになっても納得している。まして塚原に洗脳されてきた莉奈は羞恥自体今では心地よい。

ショートプログラムは八つの要素が決められている。順番は自由だから、音楽に合わせ体力を使う配分を考えて決めていた。

出だしでステップから直ちに三回転ジャンプした。緊張の一瞬だったが、尾骨のあたりまでの丈のレースのヒラヒラを翻《ひるがえ》し、見事に決まった。

スレンダーな身体でも前に突き出した莉奈の半球型の乳房は、もちろんブラジャーで支えられてはいない。回転でその形状が柔らかく変形し、ジャンプの着地でブルンと揺れた。

そのとき乳首の尖りがくっきり見えているぶん、乳房の存在感がいやが上にも増し、一瞬フィギュアスケートというより、新体操の一部に見られる過激なレオタードのエロティシズムを思わせた。

猛スピードで滑るスケートの演技中に乳房の揺れなど観客に見えるわけではないが、テレビ放送でスロー再生されたとき、乳房もヒップも柔らかい少女の肉質まで想像できるほど恥ずかしく変形し、揺れ動くのが見て取れる。

次は莉奈の得意のスパイラルシークエンス。バレエのアラベスクの姿勢で三秒以上滑走する。フリーレッグを後方に垂直に上げ、円を描き、チェンジエッジしてつないで美しく滑る。

見せ場だから、審判員席の前を滑走していく。

遠藤の姿が……いやっ、彼のほうは見ないわ！

嫌悪して前方を凝視しつつ滑る。

妖しい光沢を放つヌーディシュタイツに包まれた伸びやかな脚を垂直に上げて、三秒間以上滑走。サーシャ・コーエン並みにスパイラルが決まった。

会場から拍手が起こった。緊張感が取れて、気持ちも楽になった。

百八十度の開脚で股間がこれ見よがしに全開しても気にしない。というより見られる快感で少女の色気が醸し出されてくる。レオタードのクロッチは薄くて柳葉状に膨らんだ形は隠せない。

鬼門のダブルアクセルを跳んだ。苦手だったアクセルジャンプはしっかり着地して成功した。

二回転半で、小尻でも形の良い丸いお尻が横にブルンと揺れた。

莉奈はウェストからヒップへのラインが十五歳の少女にもかかわらず、生唾を飲む艶かしいS字ラインを見せている。ネットでもかなり評判で、ルックスがよく清純だからファンも増えているが、腰の悩ましげな曲線から判断して絶対処女ではないというような叩きも多かった。

〝スケベコーチの塚原と一発やってるはずだ〟

〝レゲエダンスで愛液垂れ流し〟

心ない書き込みは塚原の官能振付けのせいに違いなかった。

観客は塚原の振付けが官能味のあることを知っているが、実際のいやらしい指導を見ているわけではない。だから卑猥に身をくねらせて演技する莉奈自身がそうしたくて少女のエロスを振りまいているように見えてしまう。

だが、そんなことも含めて、観客や審判員の好奇の眼差し自体が、今では莉奈の内面では興奮と快感を呼び起こす要素になっている。表現力を高めるために、セクシーな肢体を大観衆の眼に晒す快感を植えつけられてきた。

次の関門はコンビネーションジャンプだ。二回連続でジャンプしなくてはならない。三回転三回転が理想だが、三回転二回転でもよい。ジャンプが弱い莉奈ができるのは三回転二回転までだった。

平常心で……えいっと跳んだ。

だが、セカンドジャンプのトリプルトウループで着地が両足になってしまった。

しまった！

間違いなく減点。でも、これがひょっとすると遠藤の採点で見逃されるのかも？

だめよ、考えちゃ。無心でやらなきゃ……と、スパイラルシークエンスと同じくサーシャ・コーエン流の高さと脚の開きで魅せるバレエジャンプを決めた。観客の歓声があがって、一気に調子を取り戻した。美しさでアピールするアチチュードのポーズである。一瞬空中で止まったように見える、他の選手が真似できない難度の高いジャンプだった。

フライングスピン。軽く跳んで八回以上回った。ストレートラインステップへつなげていく。

ステップの合間に、お尻で尻文字を書くように悩ましく円を描く動作を見せた。そのセクシーでかつ微笑ましいような演技に観客の笑いが起こった。

演技中でも審判員や観客の視線は感じる。ときには女の子の弱いところにズキンと来るほどだ。

しかし、ヒップラインを強調するハイレグレオタードでなかったことが唯一の救いだった。ハイレグはたまに穿かされるが、女の子の前の部分がキュッと切れ込んで、穿いているだけで陰唇の形がはっきり出てしまい、すぐに縦スジが食い込んでくる。さらにお尻のほうがTバック状態になりやすいのだ。

あぁ、わたしわかってる。男性客のなかに一定数、レオタードが密着したフィギュアスケーターの身体を堪能しようとする人がいることを……。

恥ずかしい目に合わせたいと願う悪い気持ちもあるはず。遠藤がそうだったから。

いえ、コーチだって。

莉奈は感受性の強い年ごろだ。セクシーなコスチューム姿を見られて、うっとりしてしまうのは軽度の露出願望、見られたがるマゾヒズムである。

ただ、そんな自分自身に羞恥と自己嫌悪の気持ちもあるのだ。矛盾する情緒不安定な性意識は十五歳の少女の未熟さか、それとも女の本性か。それは誰にもわからない。

スパイラルは規定でもう一度三秒間以上行わねばならない。二度目のスパイラルも、ビールマンスパイラルが綺麗に決まった。

ラストは必須のレイバックスピンからできない人も多い高難度のビールマンスピン。やや位置がずれはしたものの、無難にこなして締めくくった。

二分五十秒の自分との戦いが終わり、観客から惜しみない拍手を浴びた。莉奈は眼を輝かせ、自然に両手を大きく振って歓声に応えていた。

莉奈は大きな失敗もなく、練習の成果も実ってまずまずの出来だった。

最終滑走者の演技が終わり、ショートプログラムの激戦に幕が下ろされた。

結果は一位から三位までジュニアの世界選手権経験者が占め、四位は実力を発揮した桜子。莉奈は五位で、かろうじて入賞の順位に食い込んだ。

五位はやはり遠藤が審判に手心を加えたからだと、塚原がそっと莉奈に耳打ちした。それはほぼ実力を出した莉奈も認めざるをえなかった。ジャンプが完全ではなく、しかもさほど難易度が高くなかったからである。

秘密を知っている人は極わずか。観客は誰も知らない。わたしはみんなを騙して勝とうとしている。桜子に勝つためだけに。

落ちついて考えたら、スケートが嫌いになりそうだ。いっそのこと本当にやめてしまいたい。

あぁ、どうしてコーチやあのひどい審判員の言いなりになってしまったんだろう。わたしの身体に起こった事件、その真実を知っているのは張本人の遠藤とコーチだけ。

ほかの人たちに秘密を知られたらと思うと本当に不安だ。身体を与えるのと引き換えに点を上げてもらう。それがばれたら、もうおしまい。

……いえ、抱かれるなんて、土壇場までそんなつもりじゃなかった。でも、そうなってしまった。今さら言い訳はできないが。

莉奈はショートプログラムを五位で終えてまずまずの出来で安心した。直前の六分間練習であまり上手《うま》くいかず、出番を待つまで緊張していた。ジャンプで着氷が乱れたとき少し慌てたが、持ち前の自己陶酔的な見られる快感で乗りきった。

総合点が出て最終的な順位が決定するのは二日後のフリープログラムである。莉奈の滑走順は、抽選で二番目になった。

桜子は二十四番で最終滑走者に。順番はあとのほうが採点が甘くなる傾向があって有利だと言われているのが少し気になった。

莉奈は更衣室で着替え、宿泊先のホテルに戻った。

全日本ジュニア選手権はシニアの全日本選手権出場選手を決める試合でもある。その全日本選手権で表彰台に上がれば世界選手権の代表に選ばれる。今の莉奈の実力ではとてもそこまで考えられなかった。

桜子はおそらくそこまで視野に入れてこの大会に臨んでいる。

これまで競争心なんて、そんなに強くなかった。だが、ショートプログラムで桜子が四位、自分が五位となって好むと好まざるとにかかわらず彼女と競うかたちになっている。次が得意のフリーなので、莉奈は欲と闘争心が湧いてきた。

翌日詰めの練習を怪我などしないように慎重に行なった。公開練習なので、報道その他のギャラリーが大勢来ている。

今日だけに限ったことではないが、ときどき大勢のなかからじっと見つめる眼差しに気づくこともある。以前は単に不愉快だっただけだ。でも最近では、多少優越感に浸ることもある。

マスコミの人なのに眼の保養になりますよと、莉奈を見てにやけながら話す声を聞いたことがある。

レオタードがセクシーだから仕方がないと思う反面、羞恥と戸惑いを感じたし、やはり何を報道しようとしているのかと腹立たしくなった。ちょっと居直るように自分の官能的な魅力を積極的に表現しようという思いも生じてきた。

そして、莉奈は泣いても笑ってもこれで最後の結果が出るフリープログラムの日を迎えることになった。

滑走順は二番という他人の演技を見る余裕もない順番だ。しかし、プレッシャーは特に感じない。あとは無心で実力を出すだけである。

「尻を振れ。顔もエロくな……」

塚原にお尻をポンと叩かれて、エントランスからリンクに出た。リンクサイドの壁でもう一度塚原と向き合った。

「審判と観客に股を開いて見せろ。エロ顔で媚びを売るんだ！」

何というハッパのかけ方だろう。それでも、莉奈は笑顔でわかったと頷いた。

まずショートプログラムと同じように最初の壁である三回転ジャンプを無事にクリアすると、塚原にそそのかすように言われたとおり、ステップに入ったとき一瞬だが、セックスを思わせる開脚のバックポーズで滑走した。

身体の柔らかさを利用して腰を反らせる。寒いのに、早くも腰から下が火照ってきた。

お尻を恥辱的とも言えるほど上向きに突き出し、秘部のふくらみと縦スジを審判員に誇示して滑った。

レイバック・イナバウワーで顔が逆さになるまでのけ反ってみせる。ほら、こんなに身体が柔らかいのよと……。背骨がどうなってるのかわからないエロチックな軟体動物として魅惑の弓なりボディを提供する。

ストレッチの訓練では、子宮や卵巣が刺激されて女性ホルモンの分泌まで促されたらしい。そのかいあって今日の莉奈のくびれ腰があり、ゴム毬状のヒップとテニスボールのように丸い乳房の肉づきが出来上がった。

百八十度をはるかに越える極端な開脚は、滑っていても跳んだときも、それを行えば内腿の筋が卑猥に浮き出る。レオタードクロッチの両側で十五歳の生白い敏感そうな鼠蹊《そけい》部が人々の目の前に開陳された。

股布なしで大陰唇の脂肉の存在も……。

エレメンツには入らないが、イナバウワーは一般の知識にも十分あって大きな拍手をもらった。猥褻にのけ反ったイナバウワーから、仁王立ちのようになる「土手」強調の開脚イーグルへ進んだ。

必要なエレメンツの合間のステップやターンでは、腰をクイッ、クイッと可愛くいやらしく前後動させる。そのたび上半身から下半身への流れるようなS字ラインで少女の曲線美を披露した。

大観衆の前に晒すのはコスチュームの生地一枚隔てただけのエロボディだ。裏地が付いていない透けやすい第二の皮膚化したスパンデックスレオタードは、心許《もと》なさがかえって開放感を与え、やがて露出の危うさ、恥ずかしさに陶酔してくる。

もちろんアンダーショーツは穿いていない。最初から小高い恥丘の膨らみは披露されていた。その下につづくクロッチにもすでに細長い膨らみが表れていた。大陰唇が始まる部分だ。

開脚によってレオタードの下では大陰唇が口を開け、小陰唇もわずかにその形を覗かせている。下のほうがよれた形になって卑猥だ。

練習のとき冗談のようにしてコーチに言われたとおり、「見てぇ」と言う口の形をしてみせた。心のなかで露出マゾ的に叫んでいる。

滑走中は別として、練習の合間などに若い男の子にはギラつく視線を感じることもある。おじさんの場合はじっとりした眼差しだ。

若い人、特に同年齢の男の子の視線は今でも抵抗がある。でも、おじさんなら羞恥は感じても受け入れられる。それはコーチのセクハラまがいの指導で馴らされてきたからかもしれない。きっとそうだ。

これまで何度も猥褻な視線と言葉に悩まされてきた。

でも、わたし、もうそれでいいの……。

ストリップの振付け、レゲエダンスと言われ、穴が開くほど見られてる状態で口を開き気味にして滑る。眼はトロンとさせて。

大切な競技の際中なのに、身体が熱くなって膣が愛液で潤う感覚に陥《おちい》り、恥裂が口を開いた。

でも、失敗したらどうしようという緊張からはとうに開放されている。どんな大会でも上がらない自信があった。

そう、今がプレッシャーに強いわたしの実力の見せどころ——。

クリトリスも包皮から顔を出した。それが莉奈はわかる。たぶん赤く膨らんでいるだろう。

口を半開きにして後ろを流し目で見ながら、腰を曲げた低い姿勢のバッククロスで可愛いお尻を突き出した。滑走スピードを増してお尻でどんどん迫っていく感じだ。

黒いレオタードのクロッチに浮いた細長い楕円の肉溝が愛液で濡れ光る。

あはぁぁ……。

次のステップに入っていく。何か熱いものが下りてきて子宮から膣内に流れ出す悪寒《おかん》のようなものを感じた。

一瞬生理が始まったのではないかと恐怖心を抱いた。そうではなかったが、粘液には違いないのにそれが何なのかはわからなかった。

ジャンプに難がある莉奈だからこそ、絶対失敗できないコンビネーションジャンプ。三回転三回転は断念し、ショートプログラムのときと同様安全策を取って三回転二回転に甘んじた。

トリプルトウループ－ダブルトウループ。成功してほっと一安心だ。

再び髪を掻き上げる仕草で身体を左右にくねらせ、脚を頭上まで上げる。脚を下ろして人差し指で審判員のほうを挑発的に指した。

恥裂がはしたなく口を開け、愛液でじっとり。リンクの上で、全日本ジュニア選手権という莉奈にとって極めて大切な大会で、こんなことになってしまった。

女の子の大事なところが濡れてしまった。レオタードの股間がヌルヌルの糸を引くほどに発情した。

気づかれちゃう！　でも、あぁ、もう、それでもいいわ。

勝つためにならなんでもやるという野放図な感情が芽生えた。

〝レゲエダンスで愛液垂れ流し〟

もう何を言われてもいい。事実そうなのだから。

大人の男の人、わたしみたいな十四、五歳の女の子のセクシーダンスが好きなんでしょう？　フィギュアスケートとかスポーツ観戦の建前でじっくり穴が開くほど下半身を見るのが。

でもテレビ放送では、下半身のアップはないわ。だから会場に足を運んでくるのね。

一部の人は……。

コーチのマインドコントロールのまま、女の子の羞恥を見せて、高得点につながればそれでいい。

それに、裏技も……。遠藤が下駄を履かせてくれるのだ。そうしてもらわないと割に合わない。女の恥辱と引き換えだったのだから。

ああっ、フェラチオっていうの？　お口で男の人のものをしゃぶること。そんなことフィギュアスケートをする女の子にさせるなんて。ボーイフレンドもいない練習漬けの青春を送っていたわたしに……。

いっぱい恥ずかしいことして、いじめて、処女を奪った。そこまでしたなら、勝たせて、あの桜子に！

レイバックスピンから執念のビールマンスピンで華麗にフィニッシュ。恐れていたジャンプの失敗もなく四分間を締めくくった。

最終滑走の桜子の番になると、マスコミにも注目されているだけに、会場も盛り上がった。最終でいくぶん有利かと思われていた桜子だった。

だが、見せ場のトリプルルッツを跳んだとき、氷上に他人が付けた溝にエッジが挟まって崩れ、トリプルがシングルになってしまった。

その瞬間を見た莉奈は希望の光が射してきたような気持ちになった。そしてそんな自分に後ろめたさを感じた。

桜子はトリプルルッツの基礎点そのものが取れないという大きな失敗で六位に終わ

り、キス&クライで彼女には珍しく涙を見せた。

莉奈の総合得点は一五二・七一。最終順位は四位。予想外の好成績だった。もちろん全日本選手権出場の権利が与えられる。

約束どおり審判員の遠藤が甘い審判をしたが、上位者の一人もジャンプを二回失敗して順位を下げ、結果的には必要なかった。何のために遠藤に抱かれたのかわからないということになった。

きっと罰が当たったんだわ……。

これも皮肉な運命かなと思った。コーチの塚原はよくやったと褒めてくれたが、四位という結果を手放しで喜べない気持ちの莉奈だった。


数日後、莉奈は協会長の磯部の部屋に呼ばれた。

事務の人から電話がかかってきて協会長室に来るように言われた。塚原を介してではなく用件もわからないまま直接呼びつけられたことに戸惑いを感じた。四位入賞に関してのことならそういう話があるはずだが、呼ばれる理由はわからない。何か悪い予感がした。

緊張しながら部屋のドアをノックすると、協会長の声が返ってきた。

なかに入った。

豪華な机の向こうに磯部がでんと座って待っていた。

大きな組織の長としての風格を備えた大物政治家のような風貌の人物で、コーチの塚原の叔父だが、直接会うのは初めてだった。

歳は確か七十近いはずだが、矍鑠《かくしゃく》として少し居丈高にも見え、莉奈のような少女にとってはかなり緊張感を強いられる存在だった。

莉奈が机を挟んで立ち、緊張で顔を強張らせて会釈すると、磯部はジュニア選手権四位のことをにちょっと触れ、そのあとしばらく莉奈の顔をじっと見ていた。

莉奈はその沈黙が恐かった。

「コーチの塚原はわしの甥だが、つまらんことをしてくれた」

眼を見て言われた。莉奈はギクリとした。

「審判員の遠藤君から聞いたんだがね、塚原から頼まれて君の審判で手心を加えたそうだよ」

磯部は莉奈を差すように顎をひょいと上げて言った。

「あぁ……」

案の定、遠藤のことだった。莉奈はみるみる顔から血の気が引いていった。

「こっち来て」

手招きされた。大きな机の横を通って、椅子にどっかり座った磯部の前に立った。

「遠藤のところに行ったんだってね……」

頷いた。磯部の顔は見ることができない。もうすべて知っているのだろう。

「そこで遠藤と何をしたんだ?」

「あぅ、そ、それは……」

言葉に詰まった。

「こうされたのか?」

いきなりスカートの中に手を入れられた。

「ああっ」

太腿の間にスポッと手が入って莉奈は慌てて脚を閉じる。腰を引いてスカートを押さえるが、その手を摑まれて離された。

片手だけでスカートの上から磯部の手を押さえようとしても、手は閉じ合わせた内腿の間に侵入してきた。

手を摑まれて逃げられない。膝を曲げて腰を深く引き、身体をくねらせもするが、磯部の手は脚の付け根から最も奥まったところまで達した。

「アアアッ！」

股ぐらに大きな手が入ったショックと恥裂に指が一瞬めり込んだ快感で、莉奈は身体が一回ビクンと跳ねてその場にしゃがみ込んでしまった。

そうなると磯部は手をスケートのなかから抜いて、莉奈の手も離した。

狼狽《うろた》えて眼を白黒させる莉奈を、磯部は椅子に座ったまましばらく見下ろしていた。

「相変わらず可愛い子だ。審判員が間違いを犯すのもわかる気がするな」

莉奈は磯部の言葉を聞きながらゆっくり立ち上がり、怒らせないように気にしながらわずかに半歩後ろに下がった。

「しかし……」

言葉を続ける。勿体つけているような態度に見える。

莉奈は次の言葉を戦々恐々として待った。

「今回の四位は取り消し。それから選手登録の抹消だ！」

厳しく言い渡された。

「あっ、そんな。許してください！」

それは予想していなかった。莉奈は思わず泣き出しそうになる。

磯部が椅子から立って迫ってきたので、許しを乞いたい莉奈だが、恐くなって後ずさりした。

莉奈はまたスカートのなかに手を入れられた。

「いやぁぁ！」

すそをつかまれて胸まで大きく捲られた。

穿いていたレースショーツがお臍のところまで丸見えになった。

「高校生なのに、こんなセクシーなのを穿いてるのか」

サイドを除いてレースになったピンクのショーツだった。ビキニやひもパンティではないが、セクシーショーツの部類に入りそうだ。

莉奈は塚原に下着を管理されていて、スキャンティやひもパンティ、総レースショーツが多い。コットンショーツはほとんどない。特に白のコットンは中学のときから一枚も持っていない。

「ここにさせたか。母親もそうだったが……」

あまりにも上まで捲られたため、すぐにはスカートを押さえて隠すことができなかった。さっきのように内腿をピタリと閉じ合わせて女の子の恥じらいの部分を守ろうと必死になっている。

だが、パンティが鋭角の逆三角形になった部分に指をすっと入れられた。

指を鉤《かぎ》形に曲げて、搔き出すようにされた。

「やぁあン！」

莉奈は何とか横を向いて磯部の手を交わそうとした。そのとき母親もそうだったとは何のことだろうと、暗い疑念が脳裏をよぎった。

磯部の手はしつこく恥裂を追ってくる。いきなり羞恥の源泉を弄《いじ》ろうとするところに遠藤とも異なる異常さを感じた。

「いやぁぁーっ」

莉奈は強引に股間へ手を入れられて叫び声を奏でるが、それがかえって磯部を喜ばせる結果になったようだ。顔を見ると、早くも眼が血走っているのがわかる。フッ、フッと鼻息が荒くなって興奮している。

莉奈は快感とショックと屈辱感で、腰がカクンと落ちた。

磯部はここにさせたと言った秘穴へ、指先をえぐり込もうとしていた。

グリッ、グリッと。

「あうぁぁ」

そんなに痛いほど、指を曲げ伸ばししながらえぐるなんて、遠藤以上の恐怖を感じる。

前からスカートのなかに手を入れるのが面白いらしい。莉奈はたまらず華奢な腰を引いて腰椎を反らせたため、可愛いお尻は後ろへ上がってきた。

腰肉、尻肉は恥裂内を指先が行き来して感じさせているため、ピクン、ピクンと何度も反応して痙攣した。

「あーう！」

莉奈は半泣きの体を晒して、また床にしゃがみ込んでしまった。

そこでもう許してもらえると思っていた莉奈だが、そばに磯部もしゃがんで、パンティの上から指でクリトリスの突起を探り出された。

ニタリと醜く笑って、グリグリと痛いほど揉み込んできた。

「あいやぁあっ……やぁぁーん、し、しないでぇ！」

必死に訴えるが、パンティ越しに肉芽を玩弄されていく。パンティの生地がクリトリスへの摩擦として効果を表し、快感が昂《たかぶ》ってきた。

意思に反して快感をひねり出され、羞恥と屈辱の涙が愛らしい大きな瞳からこぼれ落ちた。

協会長なのに、偉い人なのに……。莉奈の頭のなかでは基本的にずっと上の人、組織の〝長〟の付く人は悪いことはしないという信頼感があった。世間で不祥事の報道がされていても、それは特別なことだと理解していた。

特にセクハラなど性的な暴力を組織の上の人がずっと下のただの女の子に対して容赦なく行うなんて、夢想だにしていなかった。

そんな恐いことが今、自分の身に起こっている。審判員の遠藤でもひどいと思ったが、立場や年齢があまりにも違いすぎる間で、性暴力なんて考えられなかった。

あぁ、そ、そこはだめぇ。

磯部の邪悪な指の矛先は、肉芽から膣穴に向けられた。グッとめり込んできたのだ。

その状態で、また指を曲げたり伸ばしたりしていく。

指先が穴の内部に入りはじめた。

「いやぁっ!」

そのまま後ろに倒れかけて、磯部が腰をかかえ、ゆっくり倒して上からのしかかってきた。

部屋にはソファもあるのに、磯部は莉奈を床に寝かせた。

上から覗き込む磯部の大きな顔が恐い。遠藤にやられたように、キスをされそうな気がして顔を強く背けた。

莉奈の華奢な身体の力では、上からのしかかる大人の男の圧力を跳ね返すことはできない。

眼を血走らせ、鼻息荒くスカートのなかに手を突っ込んでくる。

パンティを摑まれて脱がされると思い、身体をよじって抵抗したが、レースのショーツは太腿までずり下ろされてしまった。

「いやぁーっ」

脱がされたパンティは、ソファの上にポイと投げられた。

磯部はまだ莉奈を床に押し倒したまま、玩弄を続けようとする。

内腿に両手が差し込まれた。莉奈は全身に怖気が振るって身体を強張《こわ》らせる。太腿を強く閉じながら磯部の邪悪な手を押しのけようとした。

だが、内腿の痛いところに両脚とも親指を食い込まされた。

美形の顔を苦痛で歪め、そのまま太腿を押し分けられてしまった。

開脚させられた以上磯部の眼には秘められていた恥裂が見えているはずだ。莉奈も覚悟している。もう手で隠す気力はない。

徐々に開いて、パックリと開口していく。

サーモンピンクの粘膜が赤裸々に露呈し、小さな肉びらが二枚左右にはみ出して卑猥な皺を見せる。

細長い三角帽子の包皮も可愛くて猥褻。ピンクの真珠が顔を覗かせていた。包皮を太い無骨な指で押しめくられた。

「あぁあああぁーっ！」

莉奈はパンティ越しにクリトリスの快感をつむぎ出されていたため、包皮反転で肉芽が弾けて出ると、かん高い快美の声をあげてしまった。

磯部は左手の指で包皮を押しめくっておいて、人差し指に唾をつけ、その剝き出させたピンクの真珠を小さな円を描いて揉んでいった。

「あっ、だめぇ、あああっ……はぁうぅぅぅーっ！」

開脚させられて閉じる意志が萎えたまま、小陰唇もクリトリスも飛び出させて弄り抜かれた。

快感で産毛がゾゾッと逆立つと、括約筋が絞り込まれ、秘穴が窄まった。

「ほれほれ」

犯される！　磯部の声で危険を感じて慌てて身体を起す。

だが、磯部はズボンは穿いたままだった。ジッパーも下ろさない。

愛液でぬめる秘穴へは、長い中指をズブズブと挿入してきた。

「あ、あっ、あぁああああっ」

下腹をペコンを凹ませて、磯部の手を凝視する。挿入する指は見えないが、膣内で指をぐるっと回される感触があった。

「やぁあン」

磯部は指の腹を上に向けた。膣壁の天井部分を圧迫し、前後に細かくそして強く摩擦してきた。

「あぁ、いやぁぁぁーっ！」

指先で膣壁上の快感ポイントの凸部を捕捉され、泣きだす表情になる。Gスポットと思われるその部位をグリリとえぐられた。感じすぎる箇所だと莉奈も気づいたが、そこはやめてと口に出しては言えなかった。

「ほれ、ここが感じるはずだ」

指先で「の」の字に執拗に揉まれ、前後に素早くこすられていく。

ねちっこく弄られてねっとりと愛液にまみれ、抵抗できなくなった。

「も、もう、しないでぇ！」

またイカされる。遠藤のときみたいに。それはもういや。いやなの……。

口にできない辱めを受けて、もっとも守りたい部分を支配された。絶頂感のなかに投げ込まれる。粘膜を剝き出しにさせられて快感が昂り、肉芽の根っこが脈打って、膣が磯部の指をクイクイ締めつけた。

「はあぁうっ！」

一瞬、イキかけた。

「まだまだ」

指二本重ねてよじり合わせ、ドリルのようにして膣に強引に入れてきた。

「あぎゃぁ、あうぅぅ……」

処女膜の残存を破られる痛みが襲う。

グリッ、グリリ……。ぐじゅる！

掻き回していく。

「やぁあああぁーン！」

痛いのに、充血した膣肉は快感で熱く濡れた。

「ここも、お仕置きだ」

「アンンッ」

お尻の穴にも指を入れられた。アナル粘膜に耐えられない挿入感が襲う。少しずつニュッと入ってくる。

そんなところに指を入れられるなんて！　お尻の穴へ挿入するという性的な行為が

あることを知らなかった。

だめぇぇ……磯部の無骨な指を思わず、括約筋でキュッと締めてしまう。

浅く細かく指を出し入れされた。

「あひぃいぃいっ」

感じるぅ。口に出して言えないが、二穴を初めて同時に弄られ、莉奈の柔らかい股関節は緩んできた。

ぐちゃ、ぐちょっと肉壁をえぐられ、膣内部を掘り起こされた。

二つの秘穴が同時に磯部の指を絞り込み、逃がしたくないというように収縮したままになった。

「はうぅうぅーっ！」

顎が上がって絶頂を迎えた。

「イクイク、イク、イクゥゥーッ！」

恥ずかしげもなく喘ぎ、苦しいほど感じて悶え、首を振りたくった。

「ほーれ、本性を現しよった」

言われて涙を流しながら、「はうぅっ」とのけ反る。

肩を大きくひねって、全身がビクン、ビクンと二回続けて痙攣した。

身体が引き攣って硬直し、その伸びきった身体が固まって、ガクッと落ちた。

「こういうふうに審判の遠藤にもやらせて、肉棒もハメさせたわけだな」

膣穴から、トローッと粘り気の強そうな淫ら汁が垂れ漏れてきた。

「あうぅ、ご、ごめんなさい。協会長、許してください……」

莉奈は悪質で卑猥な性玩弄を受けているにもかかわらず、今は謝ることしかできなかった。

磯部の前で垂れ流した粘液の正体。それは愛液だけではなく、子宮からの粘液も混ざっていることを莉奈は知っていた。

「明日もう一度演技をしてみせるんだ。出来次第では許してやってもいい……。それにしても、綺麗なオマ×コなのに激しくイキよったな」

莉奈は濡れた恥裂を両手の指で大きく広げられた。

剝き出しにされた秘穴は、赤く腫れたようにポッカリと開いたまま閉じることがない。

もう、だめぇ。こんな恥ずかしいことされて……あぁ、イ、イカされちゃったから……。

莉奈は遠藤のときも塚原のときも感じたことのない諦め、屈服感のなかに落ち込んでいく。涙でかすむ眼で天井の模様を見ている。

ただ、磯部の言葉で四位入賞の取り消しと選手登録の抹消は免《まぬか》れるような気がしてきた。

だが……。

「いやぁ、それはだめぇ。恐いぃ！」

のしかかられる気配を感じて、目《ま》の当たりにしたもの。それは、莉奈の秘穴に肉迫してきた磯部の剛棒だった。

十五歳の超が付く美少女のピンクの恥部を開陳させた以上、その小さな洞穴の奥の肉壁と襞、湿潤な甘い香りの粘液の世界へ突入せずにはいられない。協会長であっても、審判員であっても。

「そーれぇ」

らんらんと輝く二つの肉食の眼で見据え、手で己の肉武器を握って、逃げようとする瑞々しい少女の美穴へグイッと、えぐり込んだ。

「あっぎいぃぃ、あぁあぁあああっ！」

遠藤より、そのペニス胴の直径は一回り大きかった。

淫らな快感で少女穴は濡れ濡れに熟してはいたが、それでも大人の筋張った太棒で蹂躙されたら、裂けてしまいそう。

誰も助けに来ない、エッチな塚原さえいない密室で、莉奈は子宮を惨く捻じ曲げられていった。

第六章　銀盤の淫らな妖精

翌日、塚原が協会長の磯部に頼まれて莉奈を迎えにやってきた。

莉奈の母親と顔を合わせたが、莉奈は桜子のことなど塚原から聞いたことはいっさい母親には話していない。三人で会っても塚原は母親と普通にやり取りをした。

今後の全日本選手権など、上位の競技会について説明があるから協会本部に莉奈ちゃんを連れていくと告げた。母親が自分も行きたいと言い出したので、塚原は少し慌てて今日は選手だけなのだと、丁重に断った。

時間がないからと、早々に莉奈を車に乗せた。

「大丈夫、入賞取り消しとか登録抹消なんてことにはならないから」

塚原は軽く言うが、莉奈は半信半疑だった。

磯部が莉奈にもう一度スケートの演技を求めている。その結果次第で許すというのだが、いったい何をさせようというのか。単にプログラムを上手《うま》くやればそれで認めるなどということではない気がする。

莉奈は悪い想像を脳裏にめぐらせてしまう。磯部のことだからいやらしい目的があるはず。辱めを受けるに決まっていると。協会長室で起きたことを考えれば、当然予想されることだった。

塚原が車を細い道から大通りに出してしばらく走らせた。

「わたし、協会長に犯されたわ……」

莉奈は助手席で俯いて自分の膝のあたりに視線を落としていたが、ポツリとこぼして打ち明けた。

「そ、そうか」

塚原はわかっていたようだ。どこかに後ろめたさが見えて、それが卑怯な気がしてならない。

「全然守ってくれないのね」

「えっ……」

ちょっと塚原のほうを見て言った。

そういう言い方は初めてするので、塚原も少し驚いている様子だったが、そんなに勇気を出したとか吹っ切れたというわけじゃない。自分の選手を守る気がないように見えることと、協会長に対して臆病なところが嫌いなだけだ。

塚原は莉奈が思ったとおり一言も応えずに、また何か言われるのを気にしているような顔をしていた。

行き先はもちろん協会本部ではない。急遽完全に貸し切られたスケートリンクだった。

スポーツセンターの建物が見えてきて、車を駐車場に入れると、いよいよ磯部が待つリンクに塚原といっしょに入った。

フロントにはすでに協会長の磯部の姿があった。

一瞬ドキリとさせられる。

あの日、協会長室で陰湿に弄《いじ》られ、最後は犯された。

他にも見覚えのある人が数人……。

あっ、遠藤が！　磯部の近くでニヤリと笑ってこっちを見てる。

あの人が張本人なのに、なぜここにいるの。審判員として不正をしたのに、何を笑ってるの？

莉奈は遠藤がいることに疑問を感じた。

それに、見覚えのある男の審判員たちがぞろぞろ来ていた。遠藤のほかに三人いた。

まさか、こんなに人が来ているなんて。みんなでわたしにいかがわしいことをする気なの？

ひょっとしたらそれは取り越し苦労で、審判員の人が多いので、普通に審判のやり直しをして、磯部が言ったようにそのスケートの出来で判断しようというのかもしれない。

塚原は磯部のほうに行くと、会釈をしてしばらく話していた。

莉奈は塚原の陰に隠れて小さくなっていた。遠藤をはじめ、その場の大人たちの視線を異常なほど感じる。

それは明らかに好奇の視線だ。

あぁ、恐いわ。遠藤にも協会長にも弄《もてあそ》ばれて、お、犯されてるわたしのこと、みんなが知ってるのかも。だとしたら、これから何をしようって言うの？

だんだん雰囲気が怪しくなってくる。

……と、後ろの廊下から誰か二人歩いてきた。

桜子と先輩の梓だった。

えっ、どうして？

また驚かされた。どういうことだろう。桜子や梓も来るとは、本当にわけがわから
ず不安になってしまう。
梓と眼が合うと、じっと見つめられて妖しい笑みで返された。
何、その笑いは……。身体の上から下まで視線を這わせてくる。
桜子も同様にじっと普通じゃない表情でこっちを見てくる。
あぁ、もう知ってるのね……。
協会長や審判員たちとどういう関係かわからないが、たぶん磯部から聞いているの
だろう。でないとここへ来るはずがない。顔もいやらしい笑みを浮かべている。
桜子が上目遣いに鋭く見つめながら近づいてきた。
「深町さん、不正な審判で四位に……違うの？」
迫られて莉奈は否定することができなかった。
「今日ここであなたに勝てば、順位を繰り上げて全日本選手権に出場させてやるって。
あなたは怪我で出場できないことにでもするそうよ」
桜子が言う。莉奈が応えようとすると、
「やっぱり思ったとおりエロい子だったのね。うふふ」
梓が笑う。もうすべて知っているのだろうか。桜子も口には出さないが、顔に陰険

そうな笑みを浮かべていた。

莉奈は彼女たちに何も言えなくなった。

「莉奈ちゃん、よく来たね。いいかい、アンフェアなことはいけないよ」

磯部に後ろから言われて、さっと振り返る。

「は、はい……」

「今から本当の審判を行う。宮木クンとどちらがいい滑りを見せるか。ふふふ、特にどちらが我々を悦ばせる演技ができるか……」

磯部が眼を細めて笑いながら、妙な言い方をした。

悦ばせるって、何をさせようって言うの……。言葉の裏に何か悪辣《あくらつ》なものが隠されているような気がする。

「これに着替えなさい」

莉奈と桜子は磯部からレオタードを渡された。

莉奈のは綺麗に畳まれた新品の白いコスチュームだった。恐るおそるそれを広げてみた。

何これ！

顔の表情がみるみる変わっていく。

シースルーだわ！　自分の指が生地の下で透けて見えている。

完全なシースルー。そんなものを裸の上に着たら、乳房もお尻も透けてしまう。どう見てもアダルトコスチュームとしか言いようのない代物だった。

「いやぁ、クロッチにスリットが……」

莉奈をさらに驚かせたのは、股間にある大きな切れ目だった。

羞恥で顔を赤らめて磯部を見上げた。

莉奈は長いスリットの部分を抗議するように広げて見せたが、眼を細めて「ふふ」と軽く笑われただけだった。

「セクシーな振付けには馴れてるだろ？」

審判員の一人が莉奈をからかった。ジュニア選手権の審判員だ。

遠藤がそばで頷いている。塚原はちょっと複雑な心境なのか、表情が冴えない。

「桜子ちゃんのは名前にちなんでピンクだよ」

桜子も渡されたレオタードを疑り深そうな眼で広げて見ている。桜子のレオタードは特に透ける素材ではないようだ。

あぁ、やっぱり辱めて楽しむ気なんだわ……。磯部の目的は莉奈が恐れていたとおり嗜虐的な性の嬲りだった。

磯部は塚原や遠藤よりもはるかに好色で陰険だった。そして莉奈はほかの審判員たちにも同じ本性を感じていた。これから恥ずかしいレオタード姿を晒すことになる莉奈に好奇の眼を向けてくる。

こんなに大人が何人もいて、わたしみたいな年齢の女の子をいやらしくいじめる。桜子や梓先輩のような近い年齢の女の子も入れて。そんなこと許されないわ。

あぁ、処女はもう失っちゃった。でも、まだ心は乙女。今、審判員が言ったセクシーな振付けだって、フィギュアスケートのため。

確かにエロチックにやれとコーチに命じられて自分でもそのつもりで演技してきた。だから普通の子よりは流し目、微妙な口の開け方、腰のくねらせ方は上手い。

でもだからといって、心まで本当にいやらしい子になったわけじゃない。絶対に違うわ。

「うふふ、そのレオタード、莉奈ちゃんにぴったりね。やらしいコスチュームが好きだからいいじゃない」

桜子は莉奈に嫌味を言うのを忘れない。だから、エッチなコスチュームが好きなわけじゃないって、本当に声を大にして言いたい。

それに、莉奈がこれまで着せられてきたコスチュームのスパンデックスレオタードは確かに身体の起伏が浮き出るが、濃い色ならそれほど透けたりしない。大会で使うコスチュームはアダルトコスとなじられることもあったが、グレーゾーンと揶揄されるきわどさが魅力だった。

あぁ、ライバルの桜子の前で裸同然のレオタードを着るなんて、恥ずかしくて死んじゃいそう！

莉奈は助けを求めるような眼差しで塚原を見た。だが、塚原は何も応えようとせず、眼をそらそうとする。所詮そんな男だったのだと莉奈は失望していく。

莉奈は磯部たちから見えないところで着ていた服を脱いで全裸になった。

横でいっしょに着替える桜子とは一言も言葉を交わすことなく、羞恥の中で破廉恥なレオタードに着替えていった。

あぁ、い、いやぁぁ……ぴったりフィットしてくる。だめぇ、コーチに着せられたレオタードなんて比べものにならない完全なシースルーだわ！

シースルーの生地を肌に密着させると、上は乳房と乳首、下はもっこり隆起した恥丘、そして恥裂までもが手に取るように透けて見えた。

「やだ、恥ずかしい。裸と同じじゃない」

桜子に言われ、露呈した繊毛とその下部の恥裂を庇《かば》って、思わず前屈みの羞恥を晒した。桜子の前でそんなふうに恥らってしまうのも情けなくてつらかった。シースルーレオタードによる事実上の全裸を、間近から協会長、審判員、コーチ、先輩選手たちに見られて、顔から火が出るほど恥ずかしい。

衆人環視の下、羞恥で顔が紅潮し、美しい白肌がピンクに火照ってきた。その白いレオタードにおぼろげに透けた肌が何とも美しい。

「さあ、こっちに来て、リンクに出て滑るんだ」

「ああっ」

狼狽《うろた》えてその場で縮こまっていると、磯部に手を摑まれてエントランスからリンクへ突き出されそうになった。

権力者の黒い欲望の餌食になるなんていやっ！

だが、意地を張って言うことを聞かないと、これまで頑張ってきたこと、遠藤に抱かれたことが無駄になってしまう。いや、それどころか二度とフィギュアスケートができなくなる。

「莉奈ちゃんはスパイラルとスピン、桜子ちゃんはトリプルジャンプをやってみなさい」

そんな。スパイラルなんてシースルーでスリット入りのレオタード姿で行えば、乙女の恥部そのものが晒されてしまう。サーモンピンクの粘膜までも――。

「あぁ、こんなこと間違ってる……」

小さな唇から涙声を漏らす。

「まあ、身から出たさびというか。嫌ならさっさとスケートの世界から出ていけばいい」

審判員の一人から言われて、愛らしい瞳が羞恥の涙で潤んだ。

自分も確かに間違いを犯したが、でも大の大人がよってたかって辱めようとするなんて人として許されない。そう言いたいだけだ。

莉奈は追い詰められて辱めのリンクに立ち、滑走していった。

スパイラルとスピンなんて。そんなことできないわ……。

適当にステップを踏んで滑る。

「スパイラル！　スパイラルでこっちに滑ってきてぐるっと回って見せるんだ」

「ああっ」

氷上で倒れそうになる。夢とプライドをかけて戦ってきた愛するリンク。美しい銀盤。そこで裸同然の恥辱の演技をさせられる。

い、いやぁぁ……。恥裂を晒すスパイラルシークエンスを行なった。

繊毛も割れ目も透けて見えている。さらにスリットから直に乙女の肉襞が露出した。

「脚の上げ方が悪い！　垂直にできるはずだ。登録抹消だぞ！」

磯部に怒鳴られた。

「はっはっは」

審判員が笑う。

脚を上げたりしたら、スリットから恥裂が覗けてしまう。そこに好色な大人たちの視線が注がれることに。

もう、だめぇ。全部見られちゃう！

リンクを滑走して磯部たちがいるリンクサイドに近づくと、また脚が下がってしまった。

そこを叱られて垂直に上げ、股間を百八十度に開いた。

「おおー、凄い、凄い」

「見えてますねえ。こんな綺麗で卑猥なフィギュアスケートを見るのは初めてだ」

審判員が口々に感嘆の声をあげた。塚原だけは沈黙を守っている。

莉奈の後ろから桜子も滑ってくるが、誰も見ていない。桜子は莉奈を晒し者にして辱めるために磯部が呼んだのだ。

ああー、もう、馬鹿なことはやめてぇ。

心のなかで嘆く。だが、乳房、乳首、尻、恥裂……すべてが視線の餌食になる。

桜子が莉奈に近づいてきた。

「お互い親の意地で戦わされてきたのよ。あなたとは母親が違う姉妹よ」

やはり桜子は知っていた。そうだとわかっても、莉奈はもう桜子のほうを一瞥する余裕すらない。

「いやっ、やめてぇ！」

莉奈が眉を怒らせて声をあげた。審判員の一人が裸同然の肢体をビデオカメラで撮りはじめたのだ。見られるだけならまだしも、それを映像に残されるなんてひどすぎる。

ああー、だめぇぇ……。

莉奈は乳首が尖ってきた。それは自分自身密かに恐れていたことだ。

膨らんだ乳輪からぴょこんと飛び出す感じで、突起した。パンスト並みに透けるレオタードだから、乳首のピンク色もはっきりわかる。レオタードにこすれてキリキリと尖ってきた。

「莉奈ちゃん、十八番《おはこ》のビールマンスピン——」

今度は審判員から求められた。

スリットからはみ出した恥裂はポッカリと口を開けた。いやぁ、撮らないでぇ！

今、股間をビデオカメラでズームアップされたのがわかった。

フリーレッグの右脚を後ろ手で摑んでキャッチフット。ぐっと頭上まで持ち上げて、のけ反ってスピン。回転するたび恥裂が見えては消える。青春の情熱をかけてきたフイギュアスケートとそのビールマンスピンなのに。

ビデオに余すところなく撮られた。高速スピンであっても、あとで股間は一コマ一コマ自在に確認できる。

あ、愛液が……だめぇ……。こんなとき、快感が。そんなのいやっ。

眼で犯され、ビデオに撮られて羞恥の涙が溢れたが、同時に淫らな愛液も溢れ出してしまいそうだ。

回転がやがて止まって、脚も下ろした。

「表現力の差でやっぱり莉奈ちゃんの勝ちだな」

演技が終わると、脂ぎった顔をして見ていた磯部が言った。

莉奈は一瞬だが安堵した。たとえ羞恥で嬲るプレイであっても勝ちだと言われると、取り消すと言われていた四位入賞のことなど少しは希望が出てくる。

だが、磯部がスケート靴を履いてリンクへ上がって近づいてきた。

何をする気だろう。磯部には何をするかわからない恐さがある。

桜子は早々と自分の負けが決まって、不満そうな顔をして莉奈を見てはいるが、もう磯部の今日の目的が莉奈をいやらしく嬲ることだとわかっている。すっと滑ってきて、興味本位の眼で見ていた。

「もう一度、脚を高く上げてビールマンスパイラルだ」

磯部はそう命じて、莉奈の目の前まで来た。

ビールマンでスパイラルだと、スリットから、あ、あそこが剝き出しのままになってしまうわ……。

恥じらいながら、ビールマンポジションで脚は百八十度以上に全開した。自分でも秘部が飛び出しているのがわかる。

磯部は莉奈の背後から滑ってきて、ズボンのジッパーを下ろした。

肉棒を出して急接近し、バックから莉奈の股間にドンと衝突した。

「あぁうぅあぁあああぁぁーっ！」

股間のスリットから露出した秘部へ、棍棒のように硬くなった男の逸物が突き刺さった。勢いをつけた剛棒の突きが決まり、莉奈の秘穴は奥に巻き込まれるように凹んでいった。

莉奈はバックからの一突きで絶叫し、その場に倒れかけた。

そこを磯部に両腕で抱きしめられて「脚を離すな！」と耳元で叱られた。

そんなぁ。ビールマンポジションは脚を頭上高く上げたまま滑る難易度の高いスパイラル。それを後ろから、ペ、ペニスを突っ込まれたままやるなんて——。

「あ、あ、あああああぁーっ」

わななきをリンクの冷たい空気に溶け込ませながら滑走する。

「ぐふふ、濡れていたんだな。わかるぞ、莉奈ちゃんはいやらしいマゾだとな」

また耳元で囁かれた。愛液で濡れていたのは確かだが、マゾという言葉にゾッとして首を振った。

ち、違うわ。こんな恥ずかしいことさせる人がいけないんだもん……。

莉奈は言葉で攻められて挫《くじ》けそうになる。だが、それをちゃんと否定できない自分がいる。

「わしは莉奈ちゃんのお母さんと姦《や》ったんだぞ。スケートの費用が足りないとき。それから莉奈ちゃんを強化選手にしてやると言ってな」

愕然とする莉奈だった。前に協会長室で告げられたことを再びここで聞こうとは思っていなかった。でも、ママが磯部と身体の関係があったなんて絶対信じたくなかった。

まだ「結合」状態で滑っていく。腰をひねっても肉棒が抜けない。ピンで軽く留めていた艶の美しい黒髪がばらけて妖艶に乱れた。

片脚で立つことで膣に力が入る。ギュッと……肉棒を締めつけ、自分も感じてしまう。

「それに、お母さんは、もともとスケーターとしてわしに身体を使って有利になるようにしていたんだよ」

「いやっ、嘘だわ。聞きたくない！」

莉奈は声を荒げて、目尻から涙を散らした。

やがてビールマンスパイラルでの肉棒挿入が限界に来て、合体していた逸物が莉奈の秘穴を広げながらズボッと抜けていった。

磯部もヌラヌラ光る男の武器をズボンの中に収め、一息ついた。

そこへ先輩の梓がスケート靴を穿いて滑ってきた。

「審判と仲よくなってもいいと思うわ。実はわたしも採点で優遇してもらったことがあるの。どんな交換条件だったかは、ヒ・ミ・ツ……」

淫らな笑みをこぼす梓だ。普通なら協会長のいるところで言えないことだろう。その場の猥褻感ただようムードでそんなことをあけすけに言ったのかもしれない。

「さあ、あそこで……」

磯部がリンクサイドのほうを指差して言った。

何をする気だろうと、すぐにはわからなかったが、リンクサイドの壁に両手をつかされると、また悪い予感がして後ろに立っている磯部を振り返った。

桜子も戻ってきて、磯部のやろうとしていることを興味津々の眼差しで見ている。

「桜子ちゃんも有利な審判をしてもらったことあるでしょ。それに、コーチに抱かれてるわね。わたしもだけど……」

梓が顔に薄笑いを浮かべて言う。莉奈は梓の言うことを否定しない桜子を見て、また愕然とした。

この人たちは何？　みんなぐるなの？　いつの間にかこんな人間関係ができているなんて本当に恐い気がする。

莉奈は何も知らなかった自分だけ惨めな気がした。

その場の大人たちと桜子や梓の淫らな関係を意識して、本当におぞましくなる。でも自分も同じことを。いやもっと恥ずかしいことをされてきた。コーチの塚原にだって。

その塚原はさっきから何も言わず黙って成り行きを眺めている。そんなコーチには腹立たしさとともに情けなさも感じた。

莉奈がちょっと塚原のほうに気を取られていると、磯部のそばにいた梓が何も言わなくても意思疎通したような顔をして、

「お尻を後ろに突き出すのよ」

シースルーレオタードに完全に透けているヒップの割れ目を撫でて促した。

「ひぃ」

もうわかってる。わざわざやりにくいリンクの上で犯して楽しもうって魂胆だということくらい。

梓に脚を開かされ、腰を上からトントンと手刀で叩かれて反らし、お尻を上げさせられた。

身体の柔らかい莉奈は振るいつきたくなるようなシースルーレオタードのバックポーズを披露する。

磯部に腰骨を摑まれた。

「い、いやっ」

お尻を固定させられた。必然的に後ろから来るものが想像できる。

どうぞとばかり突き出してしまったヒップは、シースルーレオタードの下で乳白色の肌を透かして見せている。

両脚の付け根に、親指をぐっと食い込まされて摑まれた。莉奈のややスレンダーな腿は、磯部の大きな手だとしっかり摑める太さだ。

「痛ぁぁ」

故意にやる感じ。そうやって逃がさないぞと言っている。

亀頭がお尻に当たってゾクッと怖気立つ。

あっと、反射で腰を反らせた。

すると、秘穴が肉棒を構える高さに上がってきた。腰椎に力が入って下半身が強張《こわ》ってくる。

「やらしい。小陰唇がべろんと出て膨らんでる」

桜子がはっきり名称まで口にして、ハの字に左右へ広がった莉奈の襞びらの卑猥さをからかった。膨らんでいるのはそのとおりで、感じて充血した結果だった。

磯部も肉棒を聳えさせて挿入直前でありながら、少し腰を屈めて股間のスリットを覗き、小陰唇を指でつまんで左右に広げた。

「ああっ、そんなこと……い、いやぁぁぁ」

莉奈は過敏な性の肉に引っ張られる刺激と快感を感じて、思わず後ろを振り返り、やめてと懇願するように潤んだ瞳で磯部に訴えた。

男はどうしてそんなふうにいやらしくいじめるのだろう。単に挿入するだけでなく、ことさら卑猥に行い、そして羞恥させるように持っていく。もう言うことを聞いて、おとなしくしているのに。

「こ、こんなことをして何が面白いのぉ！」

磯部を恨めしそうに振り返った。弱みを握られて従順になった少女をいたぶるように犯す磯部に、とうとう感情が昂ってしまった。

「いじめだわ」

ほとんど涙声で言うと、

「愛液が出て、莉奈ちゃんも嬉しがってる」

「あぁ、そんなこと言うのがいじめだもん」

磯部たちの心を動かすとは思えなかったが、それがわかっていても感情が先走った。

「お互い人に知れたら困る秘密ができたわけで……いいじゃないか、ねっ」

協会長の言葉とも思えない下衆《げす》な言い方だと、莉奈は思った。

「これからはフィギュアスケートで莉奈ちゃんを優遇するつもりだよ」

莉奈が感情的になったからか、妙に言い訳するように言う。

「いやぁ、辱めを我慢すれば優遇してやるってこと？　そんなことしなくていいわ。だから、もうわたしを許してぇ」

莉奈が声を震わせても、すでに襞びらはめくり広げられてしまい、サーモンピンクの湿潤な膣粘膜が外気に晒されている。

その刺激で膣がグチュッと隠微な音さえ出して収縮した。

また入れられちゃう！

覚悟してその瞬間を待っていると、クロッチのスリットからなかに、今度は肉棒ではなく、指を入れられた。

ねっとりと何か塗られたような気がした。

「えっ、何？　だめぇ」

「媚薬だ、感じるぞ。ふふふ」

ビヤクって……感じる薬のこと？

莉奈は塚原に塗られた軟膏のことを思い出した。ということは……。

あぁ、コーチが持ってきて協会長に渡したの？

ふとそう思って塚原のほうを見ると、それに気づいた磯部が、

「ふふ、コーチに媚薬でやられたな。聞いたぞ。でもこれはわしのだ」

そう言って、磯部は持っていた軟膏のチューブをポケットにしまい、さらに莉奈のクリトリス包皮を指先で押しめくろうとした。

「ああっ」

無理やり与えられた快感によって突起したクリトリスは、今や光沢さえ放つ敏感な肉の真珠となって姿を現していた。

塚原が媚薬のことなど磯部に話していることがわかって、莉奈は淫らな快感のなかでも悲しくなってしまう。可憐さを感じさせる品のいい小さな口は、羞恥をこらえて固く閉じられていた。だが、やはり辛いほどの快感がその口を半開きに弛緩させた。

「あはぁあぁぁ……」

妖しい溜息まじりの喘ぎを漏らした。

過敏な肉芽は磯部の指で執拗に愛撫されていく。細かく素早く摩擦する。

媚薬も効き目を現してきた。じわりと肉に沁み込むように快感が昂り、濃桃色の襞を覗かせる膣穴が窄まったり、開いたりを繰り返す。

「あふぅうン！」

恥ずかしいほど鼻にかかった快感の声を披露した。うじうじするような快感をこらえて乳色の伸びやかな裸身をくねり悶えさせ、力が入って下腹が凹んだ。

腰が浮いて身体が引き攣り、スケート靴のなかの見えないところで足の指が全部開いた。

やがて、痛いほど反っていた腰がストンと落ちた。

「ほーれ、感じて穴がもぐもぐ蠢いてる」

クリトリスを指で弄られ抜いて、そんないやらしい言い方なんてされたくない！　感じさせる薬を塗るなんてひどいわ。

莉奈は刹那、顔の表情が崩れて泣き出しそうになった。背中に深いまっすぐな溝をつくるまで、また上体を弓なりにさせて切なく眉を歪め、背後の磯部を振り返った。

「もう、するなら早くしてぇ！」

捨て鉢になった莉奈は、思わず泣き声混じりの抗《あらが》いの声をあげていた。

「うはは、面白い子だ。もう観念したのかな？」

審判員の一人が腕を組んで楽しそうに言う。自分も磯部のようにやってみたいような顔をしていた。

莉奈の可愛くも被虐的な声が合図になったかのように、磯部の指が穴奥まで深く挿入された。

「ああうっ！　いやぁぁ……そ、そうやって、少しずつやるのは……あぁ、もういやぁ！」

膣とアナルを取り巻く8の字筋が、快美感によって強く絞り込まれていく。磯部の邪悪な指を愛するように締めつけた。挿入された指の太さと長さを膣壁で感じて、莉奈はそれが中指であることがわかった。

愛液が熱く湧き出して小陰唇の間に溜まり、膣口を潤していく。

ヌポッと、指を抜かれた。

あぁ、また男のものを入れられてしまう。指を抜かれたからそう思った。自分でしてと口走ったにもかかわらず、犯されるのはまだ恐い莉奈である。

「ママのことは嘘だわ！」

後ろを振り返って磯部を睨んだ。だが、それは衆人環視の下で挿入される間際でのせめてもの抵抗だった。すでに母親のことで悲しい疑いを持ってしまっている。

「さっきも言ったけど、今後莉奈ちゃんのことはしっかり面倒を見てあげるよ」

磯部が狙いを定めて、再び莉奈に突入してきた。

「はうぅあぁぁぁーっ！」

面倒を見るなどと言ってすぐ入れてくる。そう言えばおとなしくやらせると思っているのだろうと、莉奈は恥辱のなかで、ズブズブと進入してくる肉棒を感じていた。

磯部の剛棒は再び無慈悲に膣奥まで突っ込まれた。

莉奈は膣肉の拡張感で身をよじり、同時に心ならずも起こってくる快感と被虐感を噛みしめた。

振り返ると、磯部が面白がって腰を深く引き、また一気にズンと。

「ふぎゃあっ！　そ、そんな、思いきりなんてぇ」

膨張してプリプリ張った亀頭が、莉奈の膣壁の間を突き進む。

「わざと痛くする必要なんてないわ。女の子をいじめるのが好きなの？」

亀頭が子宮口に嵌ったところで、言わずにいられなくなって訴えるように問うた。

「ははは、いじめじゃなくて、うーむ、支配欲かな……」

磯部が言うと、審判員も笑った。

磯部はさっき膣をえぐって愛液がついた中指に唾もつけてヌルヌルさせ、莉奈を恐がらせようというのか、その指を伸ばして「ほら」と顔の前に突き出して見せた。

膣に肉棒を挿入したまま、可愛い皺穴へヌニュッと入れる。肛門とその周囲が凹んだ。

「やぁぁぁーん！」

莉奈は切ないような粘膜を犯される感覚を味わった。長くて少し太い中指だから、よけい挿入の刺激を感じる。両手をつかされた壁のほうへ身体が泳ぎ、のけ反ってくる。

磯部は面白がって指でアナルの内部を掻き回した。さらにじっくりと指を根元まで挿入して、強く曲げたり伸ばしたりを繰り返した。

「あうぅ、あぁあああぁーっ！」

莉奈は深く何度も指を挿入されて抽送された。やはり媚薬が効いてアナルにもその快感が伝わってきた。膣はもちろん濡れそぼっている。

そこへ審判員が普通の靴のままリンクに降りてきた。

「いいものがありますよ……」

そう言って、得体の知れないものを磯部に渡した。

あっ、だめっ！

莉奈が見たのは、十センチほどの凸凹した卑猥なアナル棒だった。

アナル棒などというものは見たことがないが、今お尻の穴にイタズラされた流れで出てきたそのゴムの棒が何をするものなのか、莉奈も想像がつく。

やぁあん、お、お尻の……あ、穴に、入れる気ね？

涙眼で磯部を振り返り、イヤイヤ……と、かぶり左右に振って哀願する。

「やだ、あれをお尻に入れられるのね」

桜子が眼を丸くして見ている。

「ここよ」

梓がふざけて桜子のお尻の真ん中を指で突いた。

「やーん」

桜子は相好《そうごう》を崩して梓の手をちょっと叩いた。それから莉奈のお尻がこれからどうされるのか見守ろうとした。

磯部が腰を引いて莉奈から肉棒を抜き、スリットの端に見えるアナルに狙いをつけた。

膣に入っていた肉棒が抜けた代わりに、莉奈は今ほじられて緩んだ二番目の秘穴へ経験のない大人の玩具を挿入されていった。

「だ、だめぇぇ……入れちゃいやぁーっ！」

シリコン質の太棒の挿入感は粘膜にヌチッと粘りついて感じさせられ、涙が出てきそうだ。

挿入されても根元が肛門の皺穴に少し顔を出している。

そこを指で意地悪く奥まで押し込まれた。

「あうぅぅーン！」

腰を波打たせて大きく上下動させ、左右にも淫らに振って尻の動きで抵抗の意思を示した。

もう一度、尻をかかえ込まれた。

親指が尻たぶに食い込む。

うあぁ、お、お尻のなかがいっぱいなのにぃ。

アナル棒の挿入によって直腸の浅いところが膨満し、膣壁も圧《お》されて狭くなっている。そんな状態で肉棒を突っ込まれたら、どうなるかわからない。

だが、磯部は赤黒い卑猥な色合いの剛棒を、またもや思いきり莉奈の胎内へ嵌め込んでいった。

「はぐぅあああぁあああっ！　だ、だ、だめぇぇーっ！」

胎内の奥底まで肉棒が突き進み、根元の毛のところまで没入した。

ズッポリと内部に収まったのだ。

ああぁ、はち切れそう……。

膣とアナルが同時に無慈悲に拡張された。

その状態で、おもむろに抽送が開始された。

「あうあぁあぁあぁーっ！　し、しないでっ、動かないでぇ……」

亀頭部の出っ張ったエラで襞をえぐり出し、抽送されていく。その太さや、掘り起こすような出し入れに抵抗できず、泣き顔で首を振る。

アナル棒がまた尻穴から顔を覗かせてきた。

それを見た梓がつまんで少しずつ出し入れしはじめた。

梓の女ならではの意地悪さに、莉奈は「いやぁ」と顔を半泣きに崩して快感を味わう。桜子も加勢して梓と莉奈を挟む格好で乳房を下から掴んだ。

「やだぁぁ、触らないでぇ！」

桜子にだけは身体を触られたくない。父親が同じだということは今は関係なかった。もともとそんなに嫌いなわけではなかったが、今はもう敵同士。桜子もそのつもりで磯部たちと同じように嗜虐的になっている。

逸物の太い肉胴に莉奈の膣襞が絡みつく。ピタッと密着したまま速度を上げて抽送され、グチャッ、グジュッと隠微な音が聞こえてくる。

莉奈は肉棒が膣奥に突き当たったとき、ブックリ膨張した亀頭の大きさと硬さを感じた。

磯部の肉棒を無意識に括約筋でクイクイ締めていく。十五歳だがびっしり備わっている膣襞で、亀頭海綿体を狂おしい快感に導き、膣圧で絞り込んだ。

「おうあぁ、むおあぁぁっ！」

磯部もたまらず快感の呻きを漏らしてくる。

ズン、ズンと深く勢いよくピストンする。

肉棒が速度をつけて穴肉の壁との間でピチャッと、粘液の飛沫を飛ばした。

「おお、莉奈ちゃんの膣内《なか》は……アナル棒で狭くなってることもあるが、こんなに気持ちいいんだね……」

磯部は肉棒をこれ以上入らないというところまで深く挿入しておき、腰をぐるぐると「の」の字を描いて回転させた。

「あぁあああぁーっ！　いや、いやぁ、そんなふうにしないでぇ！」

腰を捉える磯部の手の指が、性感帯でもある腰肉に痛いほど食い込んでくる。莉奈は獲物に鉤爪を立てて逃がさない猛獣のような残酷性を感じて、哀しいほどの涙声をあげた。

クリトリスが摩擦され、媚薬の効果も手伝って、奥と膣表面の狂うような快感に見舞われている。

熱い淫汁が分泌して磯部の剛毛を濡れさせ、さらに肉棒に膣液がねちゃねちゃ絡んでいく。

情け容赦なく激しくピストンされて、ブジュッと、やや大きな音まで聞こえてきた。肉棒で膣内の空気が押し出されたようだ。

「いやらしい女の子になってきたな」

「あうわぁぁ、や、やめてーっ」

愛液が出てもいやらしいことはないと磯部に否定したくて首を振った。遠藤に言われた身体がしてほしがっているという言葉が脳裏をよぎった。

胎内の肉壁で野太い肉棒をクイクイ締めているのに、気持ちはまだ普通の十五歳の少女であり続けている。その純情さに嘘偽りはなかった。

だが、無理やり犯され、感じさせられて、甘い香りの愛液が溢れている。快感を振り払おうとしても、意に反して肉棒を締めてしまう。

びらびらした襞が絡み、膣肉が濡れそぼった状態で、赤黒い剛直がズボッと抜かれた。

が、抜いた直後、再び奥まで力強く嵌め込んできた。

「あがぁあうぅ……も、もう、やめてぇ……」

深い挿入と浅く細かい抽送が交互に繰り返されていった。

「い、いいぞ……お、うっ、お、おあぁおおおぉっ」

磯部のペニス快感が昂りを見せはじめた。それがわからない莉奈ではなかった。

あぁぁ、だ、だめぇ。射精は……やだぁぁ！

プリプリ張った亀頭の肉塊が、莉奈の肉穴から膣道の最深部まで摩擦した。

「むおおおおっ！」

異常なペニス快感を示すオスの呻きが搾り出された刹那、
ドピュピュッ――。

莉奈の子宮口は、熱い射精を受けていた。

「いやぁあーっ！」

腰に反動をつけて、前後動させていく。

ドビュッ、ドビュッと多量に激しく中出しする。

（あうっ……え、液がぁぁ……いやぁあぁぁあっ……）

莉奈は一度ならず二度までも、磯部のねばっこい液汁を子宮にジュッと注入される

のを感じた。その粘液の熱さとおぞましい感触で、

「ママ、ママ、ママァーッ！」

母親に助けを求める断末魔の呻きを披露して泣き悶えた。

「まあ、すごーい。射精されたんだわ」

梓が眼を見張る。

「ほんと、ドックンって出たみたい……」

桜子も生唾を飲んで、磯部の赤黒いペニスが莉奈の膣穴を出たり入ったりする様を見ている。

莉奈は桜子たちの会話を聞かされながら、お尻の穴奥でアナル棒をギュウッと締めてしまう。その力と膣肉の括約筋の力が合わさって、磯部の漲《みなぎ》る肉棒をやはりクイクイ締めてしまった。

「うほあぁおおぉぉっ」

フィギュアスケート協会長とも思えない異様なイキ声を発して、十五歳の美少女強化選手のバックから突っ込みつづける。

射精しながら、ごつごつした肉棒が莉奈の胎内深く入ってくる。

子宮口に亀頭を押しつけ、つぶした状態で精液を飛び出させ、その子袋内部にジュ

ルッと液を注入して種付けしていった。

出しちゃいやーっ！

莉奈も本当はそう叫びたかった。

「むおお、ちん……ぽの……さ、先が……」

磯部は快美を感じていた。莉奈の固い子宮口に男の敏感な亀頭海綿体がめり込み、子宮口そのものに収縮力はないものの、その小穴に圧迫されながら嵌る快感を存分に味わった。

前立腺がギュギュッと収縮して、何度でも莉奈の膣と子宮に射精していく。

「はあうぁぁーっ……イクゥ、イクッ、イクゥーッ！」

莉奈は観念の気持ちもあり、結局絶頂快感のアクメ声を花のように愛らしい口から迸《ほとばし》らせた。

磯部の亀頭は、今、莉奈の身体のなかでちょうどお臍の真下まで来ていた。

莉奈は肉棒によって、子宮の一帯、膣のこれ以上深くは行けない肉壁の底部を押し上げられていた。

出しきっても、まだ勃起状態が続いている。

莉奈はイッて少しずつ腰肉の引き攣れが緩んできているのに、そこへ硬いままの肉棒を数回ズボッ、ズボッと出し入れされた。

「あふあぁぁ、あぅ、いやぁ、あはぁぁぁ」

莉奈は悩ましくなって、見ることができなかった背後を少し振り返った。

自分のお尻の向こうに磯部が見える。自分が属しているスケート協会の組織の長であり、コーチの塚原の叔父である。しかも、磯部が言うには莉奈の母親を抱いたという。

その協会長の勃起した肉棒が今、自分の身体のなかに入っている。そして、射精してきた。

莉奈は柔らかい尻肉をまだ磯部に両手で摑まれている。

腰が引かれた。

「あふぅうン！」

太い肉棒がズルッと抜けていく。

白桃のような莉奈のお尻が反応して、少し上を向いた。

肉棒がヌラヌラしながら抜き取られると、梓が莉奈の乳房、お尻をゆっくり慰めるように撫で回した。

ようやく氷上の肉儀式が終わって、莉奈はそのとき初めて寒さを感じた。

熱く濡れた膣穴から湯気が立っている。

ジュル……と、愛液とドロドロの白濁液が垂れ漏れて、内腿を伝って氷の上へ落ちていった。

莉奈は磯部たちにそのぐったりした身体を抱えられて、リンクサイドに上げられた。

梓にアナル棒をズルッと抜き取られた。

「はうあぁン！」

わざとなのか、まっすぐ引かずに上のほうに向かって肛門粘膜をこする感じで抜かれ、莉奈は上ずるような声になって一瞬爪先立った。

「うふふふふ」

笑われても、もう涙も出ない。

スケート靴を脱がされて、しばしその場に佇《たたず》む莉奈だった。

磯部は莉奈から離れて、桜子のお尻を手で撫でていた。

梓が塚原に寄り添って何か話しかけていたが、莉奈は今は何も感じない。全身の倦怠感と秘穴の疼き、アナルに残る異物感に悩まされている。

これで終わったの？　ひどい辱めをして受けて、あぁ、いっぱい出されて……。

磯部の射精で野蛮な性欲が噎《む》せ返る雰囲気が一段落ついているような気がする。莉奈は今そうであってほしいと願うしかない。

だが、莉奈はほっと一息つく暇もないまま、今度は審判員たちに囲まれた。遠藤を入れて四人いる。

もうやめてぇ。協会長の大きいもので、あぁ、今、お、犯されたばかり。だから、やめてぇ……。

シースルーレオタード一枚下は真っ裸。前も後ろも丸見えだ。

激しく射精されて、前からもお尻のほうからもヌラッと光る液汁、愛液の濡れが確認できる。

「こ、この可愛い顔が興奮ものだ……」

小さな顎を摑まれた。

「いやっ」

こまっしゃくれたように見える尖った可愛い顎を指でしゃくり上げられた。

そんなこと男の人にされたことない。まだ裸同然の姿だから、それだけで涙が出てきそうだ。

「顔にこすりつけてから、口でしゃぶらせたいな」

「うあ……あぁぁ……」

下劣な言葉を聞かされた。口に男のペニスを入れられる。それは遠藤に無理強《じ》いされて経験している。

オスの匂いと肉棒の感触、舐めた味……。二度とされたくないおぞましい行為だった。

大人四人に囲まれて、もう逃げられない。

「ふふ、今度はおまえたち、好きなようにやれ」

磯部が莉奈を審判員たちにくれてやるというように言い放った。

うあぁ……。莉奈は彼らを戦々恐々とした眼差しで見回した。

遠藤を入れた四人の審判員は不気味に笑って、莉奈の乳房も繊毛で飾られた恥丘もその下のピンクの溝も逃さず眼で犯した。

莉奈は背中を押されて身体を前に倒された。

背中が床と平行になるまで前屈みになって、尻を上げさせられると、秘部がどうぞ来てくださいとばかりに剝き出しになった。

抵抗する力を失った莉奈は、手で脚を開くように促されてそのとおり両脚の間を離した。

それにつれて陰唇が少し左右に開いた。楕円形に近い膣前庭のピンク色の粘膜が外気に晒されている。

身体と引き換えに有利な審判を依頼したのだが、その報いがこの性虐だとしたら、あまりにも行きすぎた行為である。

審判員たちが前に回って肉棒を目の前に聳えさせた。

「僕がフェラチオさせたときも、この子はいい味出しましたよ」

遠藤が言う。莉奈は暗黒の経験を思い出した。

「莉奈ちゃんは美形だから、フェラチオなんてやらせたらどれだけ興奮するかなって思って、実際やらせたらそれはもう、むふふふ」

遠藤は陰湿にそう言って、莉奈の顔を撫でた。自分がやったそのフェラチオを思い出して悦に入るような顔をしている。

「いやぁ、もう、言うのはいやぁぁ！」

あからさまにそんな願望を持っていて実行したなんて、本当に屈辱感が深くなる。

はち切れんばかりに勃起した肉棒が眼と鼻の先にある。審判員は自分で言ったように肉棒を手で持って膨張した亀頭を莉奈の頬にぐっと押しつけ、上下にこすりつけた。

「い、いやぁ、あぁ、いやぁぁ」

莉奈は固く眼をつぶって亀頭の感触に耐える。そんなやり方って、女の子を蔑《さげす》んでいじめてる。心でそう嘆くが、男たちに通じるはずもないから口に出しては言わない。

鼻にもチョンチョンと当てられ、口元に来た。

「口はいやぁ」

莉奈は嫌がりながらも瑞々しい唇を開いて亀頭をそっと口に入れた。

「ふむぅぅ……あぅ、ぐうぅっ……」

「まあ、自分からくわえちゃったわね」

梓に言われて、違うと叫びたい莉奈だが、すでに野太い肉棒で赤い小さな唇を割られて、亀頭が喉まで入っている。涙で瞳を潤ませるしかなかった。

「フェラチオね……わたしにはできないわ」

桜子は眉をしかめている。もうレオタードの上に厚いカーディガンを羽織っていた。

美人顔の少女のフェラチオは興奮度が高いと見えて、審判員の眼は血走り、「うおお」と異様な呻き声をあげてくる。

「莉奈ちゃんはくわえるとき、口をポカァと開けた瞬間がほんとに可愛くていやらしいね」

そばで遠藤が言い、下を向いた乳房を極薄のレオタードの上から摑み、やわやわと揉んでいく。

「あふぅン」

喉奥まで挿入されて、鼻から感じているような声を漏らした。

もう観念して、肉棒を唇と舌で圧迫したまま顔を前後に動かした。

莉奈は何度もフェラチオするうち、亀頭海綿体の硬くてどこか柔らかい感触から受ける快感が悲しいかなわかってきた。

「むお、この小さい口が……舌がピラピラして……おあぁぁ」

乱れた黒髪を摑まれ、フェラチオを続行されていく。

「あうぐぅぅぅ」

腰を前後動させて肉棒を出し入れする。

そんな、頭を押さえておいて真正面から腰を動かして、ズボズボ肉棒を摩擦させるなんて。

「口で吸え。舐めろ！」

「はうむぐぅ」

嫌だと意思表示できないが、声が出ないので、呻きと泣き顔の表情で拒否の気持ちを表した。

審判員は眉間に皺を寄せる顔になってちょっと怒っているのか、ますます莉奈の顔を強く両側から手で摑んで、肉棒をせわしなく出し入れしていく。

「はうぐぅぅぅぅ」

莉奈は言うことを聞かないと、ますますひどく口のなかを肉棒で蹂躙されてしまうと思い、恐るおそる舌を肉棒の裏に当てて上顎へ押しつけるようにして圧迫した。舐めろと言われてもできなかったが、抽送されながらジュッと肉棒を吸ってしまった。

「むおおおっ」

審判員の声が大きくなった。

「莉奈ちゃんのこのスラリとした身体が僕たちを惑わせるんだ」

遠藤がまた莉奈を愛でるように言って、シースルーで透けているお尻を両手を使って撫で回した。

肉付きは女の子らしく豊かで柔らかくても、骨格は華奢で身体全体としてスレンダーだ。だが丸みを感じる。それが莉奈の少女体型としてのセクシーな魅力なのだ。

後ろに突き出す格好になった尻を両手で捉えられた。

「綺麗だな、大陰唇はほとんど無毛だよ」

「まだ十五歳だからな。オマ×コが見た目もえげつなくない」

審判員たちにそう品評される。

磯部に犯され四人の男たちに囲まれて、もうセックスを拒否することは許されない。そんな諦めの気持ちに傾く。

莉奈の膣穴は今、磯部の白濁液と愛液でぬめり光っている。

そこへ審判員が勃起した肉棒を押しつけた。再び太い肉棒が秘部を押し開く。

「あうぐむぅあうぅぅーっ！」

口を肉棒で塞がれた状態で秘壺深く嵌め込まれた。

「いいか、唇と舌で圧迫して、吸い込んでだな、むおお、舌で亀頭をねっとり舐めるんだ！」

「ふぐわぁぁ」

そんなこといやぁ！　できない！

莉奈は狂うほど悶えるが、肉棒が入った口からは呻き声しか出ない。命令されたとおり、肉棒を卑猥感たっぷりに口でしごき、パンパンに張りきった亀頭を感じながら舐めしゃぶった。

梓が側にしゃがんで、莉奈の秘穴に挿入している審判員の陰嚢を指先でそろりそろりと撫でていく。

「うほぉ、た、たまらん」

審判員の男のペニスと陰嚢に刺激が走る。猛烈に抜き差ししていく。

「うんむぅぅぅ……抜い……てぇ……」

膣からグチョグチョと愛液の隠微な音が漏れ、口からも唾液が肉棒に絡んでジュボッと。

「だ、出すぞ……おぐあぁぁっ！」

ドュビュルッ──。

再び子宮へ熱いものを発射された。

「うンあぁあああっ！」

フェラチオさせる男の剛毛のほうへ顔を上げてしまった。

膣底にズンと突っ込まれ、だめぇと心のなかで叫んだその瞬間、絶対嫌だと思っている熱い液がペニスの先から、ドビュッとお腹のなかに飛び出すのを感じた。

肌がザッと粟立つ。脚をかえって踏ん張る格好になって、背を弓なりにさせてしまう。

だが、バックから膣を、前から口を肉棒でズボズボ責められ、再び襲ってきた快感で心が挫けていった。

「あうむぐぅぅ……イ、イクッ！」

歯で肉棒を噛まないようにしなければと、審判員のことを考えてしまう。それが悔しい。

両手で腰を摑まれて、とどめの肉棒の突きを子宮口まで受けて、ドビュビュッと射精された。

「いやぁあぐむぅぅ……」

嫌と言いたい気持ちのなかでイキかけた状態になり、声がくぐもる。

「イグ、イグゥゥーッ！」

莉奈はリンクサイドの寒さも忘れてイキまくった。

ドビュ、びちゅ……。

あーっ、く、口にぃ……い、いやぁぁぁ……。

「ぐほぉ、おぉぉぉっ」

嫌な声だ。聞きたくない。

頭を抱えられて、舌から喉まで肉棒が前後動しながら繰り返し生臭い液を発射されていく。

子宮口にも、ズコッ！

まだ後ろから突っ込まれる。

「うぎゅうぅぅ」

ジュルッと、最後に絞り出す白濁液が熱かった。

口内と膣内のねっとり感に悩乱し、同時に腰肉まで蕩ける快感の余韻を味わう。十五歳の少女として死にも勝る羞恥と屈辱を味わわされ、それを呪うような顔になっていく。

肉棒を膣から抜かれるのを感じ、口からも抜かれて終息した。

だが、

「次は俺の番だ」

その声を聞いて、はっと目覚めるように顔を上げた。

また別の審判員がバックから尻を抱えて、肉棒を秘穴にズブズブと入れてきた。膣全体が新しい肉棒で満たされていく。

「はぁあうあぁぁ、そんなに深く、入れないでぇ……」

口に出して言う恥ずかしさももう感じなくなっていた。ゆっくり入れられたが、それだけで奥底まで軽く達するほどの長さがあった。犯されるたび、長さや太さの違いを感じてしまうのが悲しい。

さらに、前からは遠藤がフェラチオをさせるべく、肉棒をそそり立てていた。

「こ、この小さい口が何とも言えないんだ」

にやけて言いながら、莉奈の口元に卑猥に反って見えるペニスを肉迫させた。

遠藤の言葉など聞きたくない。前からずっと狙ってて、審判の権限で口にもあそこにも、いっぱいした人の言うことなんか……。

「あなたは、いやぁ」

ほとんど泣きながら遠藤を拒もうとする。

「ははは、他の人ならいいのか。不正をしてまで勝たせてやったのに、嫌うなんて恩知らずだな」

「恩なんて、辱めて楽しんだくせに！」

目の前の肉棒から顔をそむけて抗う。結局試合は有利な審判をしなくても勝てた結果だった。でも、もうそんなことを言っても詮ないことだとわかっている。

「はううぅっ……」

バックから肉棒のピストンが速度を増してきた。

ちょうど口が開いたところで、遠藤が手で持った肉棒をニュッと入れてきた。入れても手を離さずにしばらくぐるぐると回した。

「さ、やるんだ。もうからかったりしないから」

妙に優しいような口調で言われ、前後に出し入れされると、莉奈は熱く滾《たぎ》る肉棒で唇と舌を刺激されて、舌を少しずつ動かして舐めはじめた。

同時にズボッと後ろから淫膣を犯されて「アハァン」と啼いた。

自然に唇をOの字に丸くして、ヌポッ、ヌポッとだんだん遠藤の肉棒抽送が速くなるのを受けていく。

「おあぁ、か、感じるぞ……舌がピラピラして、お、おおっ、もっと舐めろぉ！」

遠藤はよほど気持ちがいいと見えて、抽送を激しく繰り返している。バックからも審判員が長大なもので子宮口を突き刺した。

猥褻に言われても、バックから激しくピストンされていく莉奈は、快感の昂りを止めることはできない。

あぁ、もう、どうでもいいわ。こんなにやられてしまったわたし、もうだめになっちゃうんだわ……。

硬い肉棒とプリプリ張った亀頭は、十五歳の莉奈の唇と舌に妖しい快感を与えていた。それはどこかうっとりしてしまう性官能であり、抵抗できない被虐感をともなう恍惚感への誘いだった。

永遠に続くかと思われるほど、膣にも口にも肉棒、剛棒が嵌ってきて、しごきまくられ、莉奈は「はふぅーん」と肉棒で塞がれた口から嘆くような哀しい喘ぎ声を響かせた。

秘穴を犯す審判員が異常なほど抽送の速度を上げてきた。

「むぐあぁあっ！」

快感が積み重なってきたのか、呻きが大きくなった。

莉奈は勃起したペニスを膣襞でねっちょり包み込み、射精へ向けて本能的に肉壁で締めつけた。

そのとき、

「おうあぁあっ！」

ドビュルッ……と、遠藤の肉棒による口内射精が始まった。

肉棒がビクンと動く卑猥な感触を口で感じた。

だめぇぇ！　悲鳴はあげられない。心のなかで絶叫する。熱い精液を舌と喉で感じた。

「飲め！」

「うあぁ……」

遠藤が強《し》いる。飲めない。でも、飲むしかない。ゴクッと一回飲んだ。

膣に肉棒が打ち込まれていく。子宮口がつぶされた。

審判員の前立腺が快感で収縮した刹那、

「で、出るっ、おおらぁ！」

またもや、子宮口へねばっこく射精された。

ピンクの子宮の内部へ、熱液がジュッと入っていくのがわかった。

莉奈の口からドロッと遠藤の出した濁液が出てきた。どうしても全部は飲めなかったのだ。遠藤は不満そうな顔をしている。

審判員全員の精液がすべて莉奈の膣と口に吐き出された。

輪姦のショックと膣の拡張感で腰が反ってお尻が上がったまま元に戻らない。

愛液と精液が混ざった淫汁が濃桃色の秘穴から溢れ出した。

「ふふふ、これだけ犯されて射精されてしまった少女は、もう特別なレッテルを貼られてしまうよ。穢れのね……」

黙って見ていた磯部が陰湿にそう言った。

莉奈は無言で抗議するように首を振る。そんな男の願望にある女の子を支配するいやらしい烙印の感覚など絶対認めたくない。心の叫びが美しい涙となって頬を伝った。

冷たい床にうずくまり、しばらく手で股間を覆って嗚咽していた。

「莉奈ちゃん、莉奈ちゃん……」

塚原の声が聞こえた。

顔を上げると、手が差し伸べられている。

自分も手を伸ばす。

そっと掴まれて引っ張られ、身体を起された。

床にお尻をつけて座っている莉奈の横に塚原もしゃがんだ。

額にかかった乱れた髪を指でちょっとのけて、レオタードに透けた身体を何気なく見ている。

「これは何かの悪い夢なんだ。一晩寝て朝眼が覚めたら、何もなかったんだってわかるから」

そう言われても、莉奈はふっと溜息をついただけで真《ま》に受けない。

「ここにいる人すべてが、さっき協会長も言ったように他に口外できないわけだから、現実には結局何もなかったことになるさ」

「ああー、言わないでぇ。そんな理屈あるわけない。犯されたから……」

完全に顎が上がって、眼は虚ろ。シースルーレオタードの下で白肌が上気してピンク色に火照っている。乳房が丸くととのったように膨らんで、乳首はピンと立ったまま、まだ敏感そうだ。

「莉奈ちゃん、わたしも桜子ちゃんも、あなたと同じことしてきたのよ。身体を使って審判員をたぶらかしたんだから」

梓もしゃがんで莉奈の肩に手を置いた。

「でも、あなたたちは何もされてない」

「それは個人個人は違うから。莉奈ちゃんは可愛すぎて、それに……」

「マゾだから。ほら、このオッパイ」

桜子が割って入り、乳房をテニスボールを摑むように握った。

「いやっ、違うわ、マゾなんて！」

その手を振り払う。

「たくさんの人に次々姦《や》られて愛液でヌラヌラ。イキまくったじゃないか」

遠藤がさっきからかわないと言ったくせに、卑猥に言う。

「いやっ、いやーっ」

莉奈は聞きたくないというしかめっ面をして、また首を振りたくった。

「さあ、莉奈ちゃん……」

塚原は莉奈の肩を両手で押して寝かせようとした。莉奈は快感で痺れた下半身を冷たい床に投げ出して塚原に従った。

「わたしをこんなふうにしたのは、コーチよ」

「お母さんのこと、桜子ちゃんのこと、全部運命なんだ」

「違うわ……」

じっとりと濡れたレオタードのスリットから、赤く割れたざくろのような襞肉が覗けている。

「あぁ……いっ……だ、め……」

割れた赤い果肉を指で開いた。

莉奈は脚を少し閉じたが、長い睫を伏せて眼をつぶると、その脚をゆっくりと開いていった。

「あぁああうっ！」

莉奈のなかに塚原が入った。

耳元に口を寄せて、

「僕は莉奈ちゃんを本当に好きなんだよ……」

誰にも聞こえないように囁いた。

嘘つき……でも、こんなことになるなら、コーチに処女を奪ってほしかった。
好きだったときもあったから、自分から心を開いて、あげてしまってもよかった。
莉奈は清浄な涙のなかで、一種幸せな悔恨の念を抱いていた。

銀盤《ぎんばん》の淫《みだ》らな妖精《ようせい》

著者◉高村マルス【たかむら・まるす】

発行◉マドンナ社
発売◉二見書房
東京都千代田区三崎町二-一八-一一
電話 〇三-三五一五-二三一一(代表)
郵便振替 〇〇一七〇-四-二六三九

印刷◉株式会社堀内印刷所 製本◉株式会社関川製本所 落丁・乱丁本はお取替えいたします。定価は、カバーに表示してあります。

ISBN978-4-576-12134-5 ◉Printed in Japan ◉©M.Takamura